OS FILHOS DA MÃE

RITA FERRO

OS FILHOS DA MÃE

Publicado de acordo com Literarische Agentur Dr.Ray-Güde Mertin Inh. Nicole Witt e. K., Frankfurt am Main, German

Revisão: Antonio Orzari
Diagramação: Nobuca Rachi

Foi mantida a grafia vigente em Portugal.

Dados Internacionais de Catalogação na Publicação (CIP)
(Câmara Brasileira do Livro, SP, Brasil)

Ferro, Rita
Os filhos da mãe : romance / Rita Ferro. –
São Paulo : Editora Planeta do Brasil, 2008.

ISBN 978-85-7665-387-5

1. Romance português I. Título.

08-07326 CDD-869.3

Índices para catálogo sistemático:
1. Romances : Literatura portuguesa 869.3

2008

EDITORA PLANETA DO BRASIL LTDA.
Av. Francisco Matarazzo, 1500 – 3º andar – cj. 32B – Edifício Nova York
05001-100 – São Paulo-SP
vendas@editoraplaneta.com.br

Para a Marta,
o Miguel
e o Salvador.

Esta é uma obra de ficção.
Qualquer semelhança entre personagens e figuras da vida real é pura coincidência.

Um estranho é apenas um amigo que
ainda não se conhece.

Marge Simpson
em *Os Simpsons*

CAPÍTULO I

Não tinha quartos nem sobrado, mas era casa: o chão era de cimento e o espaço um só.

As paredes eram tortas e não podiam olhar-se por muito tempo porque se acabava enjoado.

Não estou a exagerar.

A minha mãe passou a vida inteira a dizer-me que tenho a mania de exagerar as coisas, mas eu sempre soube que a descrição literal além de adormecer a atenção não difunde uma imagem precisa da realidade.

Além disso, é assim que eu a vejo.

As paredes eram tortas, sim, e a casa parecia feita de cartolina e depois espezinhada com raiva.

Além do mais, fedia.

Tudo o que se comia era frito, e os esgotos deixavam aquele cheiro activo a flutuar em espiral, para recordação.

A gente entrava e cumprimentava as pessoas a cambalear.

Dizia-se "boa-noite" e logo a seguir perguntava-se onde era a retrete. Vomitava-se depressa, porque era ali que os cheiros se concentravam, e voltava-se para a sala mais magro.

Isto, nos primeiros dias.

Com o passar do tempo, a gente habitua-se a tudo, até aos ratos.

Não era às centenas, mas os que lá moravam eram graduados em tortura asiática e viviam emboscados para nos assaltar à traição.

É uma maneira de dizer.

Não suportavam o frio daquela casa e, à noite, queriam dormir nas nossas camas.

Era uma luta.

Foi rara a noite em que não me deitei com exemplares escondidos atrás da cortina à espera de que eu adormecesse para se enfiarem nos cobertores.

A Família tinha-se afeiçoado a eles e, quando algum morria entalado na ratoeira, punha luto.

Eu cá comia com a mesma urgência de sempre e a perfeita consciência de que era malvisto.

Estava-se a borrifar para as ratazanas.

Por fim, já as baptizavam: era o Maçarico, era a Sirigaita, era o Senhor Salema, tudo vizinhos que respeitavam e quem deviam favores.

Ouve, não se acredita.

Sempre que um rato atravessava a casa, só eu perdia a cabeça:

– Este filho da mãe...!

E logo os tipos, indignados:

– Este, não, esta! É uma rata!

Uma vez, o Pablo quis rebentar com um deles, agarrando na jarra de flores e soltando um urro marcial que fez a Mãe entornar o Galheteiro.

Nessa altura, o Pai olhou para o puto, ressentido:

– Fez-te algum mal?

O rapaz poisou a jarra, arrependido, e ainda teve de gramar o velho a recitar-lhe o Artigo Terceiro da Declaração Universal dos Direitos do Animal:

– Se a morte de um animal é necessária, esta deve ser instantânea, indolor e não geradora de angústia, filho. Se assim não for, é um biocídio.

Não contentes com isto, no dia seguinte mandaram-no confessar-se.

Havia no chão uma gamela para onde todos os dias atirávamos as cascas – queres acreditar que, quando partíamos para a mesa, o Pai assobiava para os chamar para jantar?

Comiam ao mesmo tempo do que nós, na *Marquise*, e se eu não me lembrasse de espirrar com força para os espantar, juro-te: esparralhavam-se ali a ver o telejornal.

A Anã tinha-lhes falado na consideração que nos mereciam os animais, e a Família, depois de perder o peixe e o cão, levava aquilo à letra.

Imagina, como se fossem focas ou linces-da-malcata!

É claro que era eu quem espalhava ratoeiras pela casa toda, e sobre isso não dava satisfações.

Os gajos não tinham lata para me dissuadir frontalmente, porque sabiam o que eu sofria, mas sempre que fazia anos ofereciam-me invariavelmente *mickeys* de pelúcia com berlindes encarnados nos olhos para me tentar corromper.

Não te rias.

– Os ratos propagam doenças, são uma praga! – gritava eu. – Será que vocês não percebem que a Câmara até agradece que a gente os extermine?

Era o mesmo que nada.

O Pai sorria com amargura e perguntava-se:

– Se os alces fossem muitos, também os assassinavas?

– Mas os alces não me chateiam, gaita! – E só depois, baralhado: – E desde quando é que há alces em Portugal?

Era escusado, o tipo não desarmava:

– E o que tu chateias os ratos? Não conta?

Podiam devorar-lhes a despensa inteira, roer-nos os fundilhos e dar-me cabo das fotocópias, que ninguém fazia nada para os deter. Várias vezes ameacei pirar-me dali, sabendo que o meu aluguer lhes pagava as batatas, mas eles eram duma verticalidade tão patética que me respondiam desviando os olhos:

– Tu é que sabes...

É claro que suas excelências esfregavam as patas de contentes e passeavam-se pela casa com o desplante de mulheres novas.

Eu já andava tão obcecado com aquilo que a certa altura tive a certeza de que os bichos se riam de mim: ao fim de dois meses de paranóia, já lhes distinguia nos guinchos o que era fome do que era escárnio.

Um belo dia, abdiquei.

Tinha chegado da faculdade arrombado, com um buraco no estômago, perto da meia-noite, e dei com um deles a esfacelar-me a única gravata que tinha, pendurada na maçaneta da porta para se desenxovalhar antes do exame de Código.

Fiquei tão fragilizado que não tive reacção; quedei-me a olhar o sacana, desfeito em lágrimas e dei comigo a falar-lhe com humanidade:

– Boa noite, Senhor Salema. Está um frio do caraças lá fora...

Ó pá, tu podes não acreditar, mas o bicho apercebeu-se da nobreza da minha renúncia! Saltou-me para a camisa de rompantes e galgou por ela acima para me beijar o pescoço!

Era tanta a confusão naquela casa que, a princípio, vi-me à rasca para saber quem lá vivia.

O Pai, era fácil: tinha olhos azuis, rabo-de-cavalo e dentes a mais.

Trabalhava nas Finanças.

Levantava-se todas as manhãs às cinco e meia em ponto, e chegava a casa pelas nove da noite, de pasta de cabedal debaixo do ombro e um saco de livros na mão.

Bebia cevada ao pequeno-almoço, mastigava uma erva oriental qualquer para o bom funcionamento do fígado e rematava com uma raineta.

Só quando saí dali me disseram que tinha amantes.

Onde arranjava tempo, não sei, mas tenho de admitir: quando um português se aplica, ganha o dom da ubiqüidade.

A mulher sofria horrores, mas nunca o desrespeitou por isso; intuía que não merecia o exclusivo – porque cheirava a Sunil, trabalhava que nem uma mula e fartava-se de adormecer debaixo dele –, e então quando suspeitava que o velha ia encontrar-se com mulheres novas era ainda mais briosa a escovar-lhe os fatos.

– Não quero que me envergonhe! – dizia, exalando Benzovac.

O tipo tinha a mania dos livros e das efemérides:

– Hoje, quinze de setembro, fazem anos o Ricardo Coração de Leão e o Bocage!

Proclamava-o ao jantar com tanta pompa e circunstância que a Mãe baixava os olhos, aflita por não ter feito um leite-creme.

Não havia dia em que não saísse de casa com uma pilha de volumes para trocar no alfarrabista, e que não voltasse com o saco a abarrotar de novos calhamaços e o aforismo que lera pelo caminho.

Já ninguém o ouvia:

– *O futuro é o passado que amanhece!*[1]

A verdade é que foi o único gajo do mundo que me pôs a ler.

Tu sabes que eu não gostava de livros, que era meio cretino, e sabe Deus o esforço que fiz na faculdade para não mandar as sebentas à mãezinha delas.

Sempre achei que as respostas estão todas na vida, que a malta se safa bem com os cinco sentidos que Deus nos deu, e sempre me estive nas tintas para quem disse, ou quando disse, desde que meia dúzia de tipos cultos me ajudassem a perceber esta merda.

E até provocava o gajo:

– *Que Homero vale o momento que passa? O instante ansiado antes de um beijo?*[2]

Mas o velho lia tanto que era impossível batê-lo; por vezes, conseguia a proeza de me calar com o mesmo autor.

Incrível.

Ouve, se me perguntares como é que o tipo, naquele cenário, descobriu o Coimbra, o Antero, o Pascoaes e o Pessoa, eu

1. Teixeira de Pascoaes.
2. José Miguel Cunha Teixeira.

não te sei responder; mas chegava a casa em transe, possuído pelos gajos:

– *Dói-me a cabeça e o Universo!*[3]

Era chato como a potassa, e eu na altura não estava para o aturar; mas convenceu-me a mudar de curso, e tudo o que sei a ele o devo.

3. Fernando Pessoa.

A Mãe era um hino.

Aquilo era uma assoalhada única, mas o que ela arranjava para fazer todo o dia, tu não acreditas.

Lavava o cimento com lixívia, dava óleo nos móveis, desencardia os colarinhos, fazia o almoço assim que se levantava e o jantar quando a malta almoçava. À noite, passajava meias com um ovo de madeira e descascava vagens para a sopa do dia seguinte.

Isto a cantar.

Fazia o mesmo todos os dias do ano, sem excepção, com a resignação de uma lata de conserva a viajar numa cinta rolante.

Estava sempre ao fogão, e daí o cheiro a refogado que era o outro brasão daquela casa.

Até para estrelar ovos, aquela santa picava cebola. De tal forma que se dizia na vizinhança que o marido lhe batia, porque a apanhava sempre a chorar.

No Inverno cozinhava ainda mais, mas a gente percebia que era para se aquecer.

Coitada da Venância, já lá está.

O Pai gostava de sopa nova todos os dias e ela prestava-se àquilo com gosto. Mas o tipo era tramado:

– Não há na Europa esposa mais dedicada do que a portuguesa!

O segundo filho, que adorava a Mãe, rosnava baixo:

– ... nem bestas como você a fazer de marido!

Mas ela não se ralava e engraxava os sapatos dele, de joelhos.

Vais-me dizer que todas fazem o mesmo. Talvez. Mas aquela conseguia rebentar de trabalho numa casa sem espaço para te coçares; não tinha veleidades de que tivesse nascido para outra coisa e arregaçava as mangas todas as manhãs com uma tenacidade de guerrilha.

A gente sabia que ela não ia morrer como qualquer um de nós, mas estoirar, e eu, como sou marado, punha-me a imaginar onde é que iriam parar os miolos dela, se isso acontecesse. Imaginava o trajecto das Galinheiras ao Campo Grande, e gostava de vê-los a sobrevoar os estúdios da televisão e a aterrar na cara do treinador do Sporting, em dia de jogo.

A Venância, pá!

Só foi ao médico uma única vez na vida e para voltar indignada:

– Quantos filhos?

– Quatro.

– E quantas gravidezes?

A verdade é que tenho saudades dela e não da minha mãe que também segava couve e passajava as peúgas do meu pai.

Só a loucura que esta tinha pelo marido!

Sempre que o Pai chegava tarde, rezava ao pai de Santo António para o encontrar; e quando ele lhe aparecia na cozinha benzia-se e beijava o polegar.

– Estava certa – dizia. – Estava certa que ainda não era desta que me deixavas!

Eu comovia-me, claro, porque das minhas colegas da faculdade não esperava nem uns apontamentos.

Os filhos, ouve.

O mais velho rebocava automóveis mal estacionados e chegava todos os dias com a cara ao peito e um olho ao ombro.

Levavam-lhe a mal o seu trabalho.

Quando o via aparecer naquele estado, a Mãe engolia em seco:

– Bravo, filho! Não há de ser por ti que a gente vai andar em cima das árvores, como os macacos!

Mas o gajo era estóico.

Entrava, sem falar a ninguém, e sentava-se à mesa, com o sangue da boca rebentada a pingar sobre a posta com grelos.

A Mãe tinha vaidade nele e fazia-lhe festas na cabeça:

– Da tua raça já não há, menino...

E enxugando a testa com o relógio:

– Vê o teu tio, quando alomba com uma botija de gás, vai a correr à Urgência fazer uma radiografia à coluna!

O tipo não ia à baila comigo.

Achava-me maricas por tomar banho todos os dias e sempre que me via ataviar para os exames largava entre duas garfadas:

– Não é lá que aprendes a tê-los no lugar!

A Família respeitava-o, porque ele dava todo o dinheiro para a casa sem facturar paparicos e só tinha uma exigência:

– Não me façam carapaus, que é comida de velha!

Ia à igreja e comungava, mas a sua vida privada exasperava o confessor; um dia, antes da absolvição, o padre abriu a porta do confessionário e perdeu as estribeiras:

– Poça, pá! Você vem aqui para se gabar ou confessar?

Aproveitava o tempo livre para se distrair com saloias e não chateava ninguém, a não ser à noite.

Para perceberes, tenho de explicar-te como é que aquilo funcionava.

O tecto da casa estava minado de calhas por onde corriam

cortinados, e tudo aquilo era puxado para se dividir o espaço em cubículos e se montarem as camas.

A Família não tinha necessidade de viver assim, mas o Pai achava que uma casa não era coisa que se trocasse.

– Isto não é uma camisa, filhos!

Estás a ver a cena, quando o Mais Velho levava senhoras para casa, avisava logo de manhã:

– Hoje à noite quero tudo a dormir antes das onze!

Ninguém tinha coragem para protestar, porque até a Televisão fora comprada por ele, mas havia quem ficasse furioso por ser obrigado a interromper o filme da noite.

A mim, era-me indiferente.

Chegava sempre tão estoirado que nem os sopranos que ele metia na cama me tiravam o sono; mas fazia-me impressão que tudo aquilo se passasse em frente da Anã.

Perguntas bem.

A Anã era uma criança sobredotada que vivia lá em casa, e ninguém sabia muito bem de quem era filha. Na única vez que procurei indagar, o Pai fez-me um sermão:

– Nem com toda a fome à arca, nem com toda a sede ao cântaro...

Com esforço, percebi que era uma piada à minha inconveniência e nunca mais insisti.

Não, nem baixa era; mas como falava como uma adulta puseram-lhe aquele nome.

Ouve, dizia coisas incríveis que só me espantavam a mim.

A própria Mãe contava, indiferente, que, num belo dia em que lhe fora aconchegar os cobertores à cama, a Anã lhe pedira antes de a beijar:

– Por amor de Deus, trate-me dessa pele! Não a quero ver aos cinqüenta com as depressões de Hollywood.

A senhora ficou apalermada a olhar para o *babygrow* aveludado, mas fez-lhe uma cruzinha na testa e apagou a luz do quarto.

Tinha seis anos, à data.

A pimpolha fazia-me nervos sobretudo por ser rosada e gorducha e ter idade para brincar com panelinhas e não para debater comigo – compreendes? – as farsas de Gil Vicente.

Mas calá-la?

A Mãe detestava que ela visse televisão, não pelos danos de uma assimilação distorcida, mas porque a piveta adivinhava invariavelmente os desfechos e lhe estragava o *suspense*; nas cenas mais imprevisíveis, mesmo quando parecia não prestar atenção ao enredo, passava por ali a correr atrás dum rato e antecipava com displicência:

– Foi a freira que matou o doentinho.

Relutante em abdicar o desenlace sonhado, a Mãe enervava-se e fazia-lhe frente:

– A freira não pode ter sido, porque não estava em casa nessa altura!

Mas a Anã não se importava com este descrédito permanente; sorria com indulgência e lembrava:

– Porque é que vossemecê julga que mostram tantas vezes o armário?

Ninguém acredita.

Durante a Guerra do Vietnã, tu lembras-te, andava tudo chocado.

Os noticiários mostravam os mapas, repetiam os antecedentes históricos não sei quantas vezes, faziam o relambório desde a colonização francesa até aos últimos bombardeamentos, em Saigão, mas foi preciso mais de um milhão de baixas asiáticas e de cinqüenta e cinco mil americanas para o Nixon assinar.

Um dia, o Pai sentou-se à mesa, com conversa de café a este respeito e a miúda não foi à bola com aquilo.

Em casa, era ponto assente que ela não gostava de política.

Achava que, desde Freud, tinha ficado provado que a luta pelo poder não passava duma forma dissimulada de atrair o mulherio, e desconfiava de todos os políticos que ficavam refastelados numa secretária de nogueira por mais de um mês e não iam para a rua combater.

– O que eles querem, sei eu!

Mas, naquele dia, o Pai deixou-se de cerimónias e não se ensaiou de esgrimir à mesa umas quantas teorias.

Eu, que na altura tinha a mania que sabia umas coisas, lá ajudei no que pude, mas os outros, ouve, julgavam que *vietcong* era o gorila do filme.

Frustrado, o Pai mandou-os levantar da mesa, com o castigo de passarem a ocupar o tempo que perdiam a preencher boletins para concursos da televisão lendo a História Universal.

Não havia em casa nenhuma História Universal, porque ele mesmo a vendera para renovar uma letra, mas, como não quis dar o braço a torcer, ordenou:

– Escrevam-na!

Estivemos naquilo até às tantas – às vezes gabo-me da pachorra –, até que a miúda, cheia de razão, percebeu, a enrolar um caracol nos dedos, que a malta sabia tanto daquilo como a Mãe que, de quando em quando, interrompa as notícias para dizer "tadinhos", "meus ricos filhos" e "o que vai ser daquelas crianças".

Saturada, a garota acabou de lamber o prato com a eficiência de um detergente e declarou, bocejando:

– A culpa é toda do Mao.

E logo a Mãe, ainda a fungar com as imagens:

– Mau é favor, olhem para isto...

– Aqui, até a estupidez se balcaniza!

Mas o Pai não achou graça e, apesar de não simpatizar com o chinês, achou que ela estava a ir longe de mais e deu um estalo à catraia.

Injustiçada, vieram-lhe as lágrimas aos olhos:

– Mas... não me deixou acabar!

– Cresça e apareça – cortou ele, incomodado. – Não se dão palpites levianos sobre assuntos tão graves!

Furiosa, ela foi ao quarto buscar o *Mein Kampf*, na versão original, e sentou-se a lê-lo, até o Pai reparar.

– O que é que a menina está a ler, posso saber? – perguntou ele, alarmado.

– Estou a aprender como é que uma pessoa pequena se pode dar ao respeito.

E torcida:

– Não me vai perguntar como é que acaba, ou vai?

Ninguém encorajava os rasgos da Anã e, logo que ela se manifestou como adiantada mental, o Pai reuniu a Família no Quintal e conspirou em voz baixa:

– Não é ela que é um prodígio, percebem? Nós é que somos broncos!

E traçando as linhas gerais de uma pedagogia adequada:

– Sempre que ela se salientar, não lhe liguem!

A partir desse dia, proibiu terminantemente que fizessem da sua inteligência um chimpanzé de circo a andar de bicicleta.

Mas foi impossível escondê-la da populaça.

Aos oito anos, já havia câmaras da televisão escondidas atrás da Nespereira, para a filmar de surpresa, com o Pai a correr atrás do repórter, de mangueira na mão, ameaçando ensopar todo o arsenal de máquinas e tripés que o rapaz carregara até ali se não abandonasse imediatamente a propriedade.

Não sei se estás a ver: a "propriedade" era um quintal decrépito, povoado de gatas prenhes, couves espigadas e citrinos doentes.

Não satisfeito, ainda declamou ao jornalista quatro versos d'*Os Lusíadas*, aos gritos:

Que promessa de reinos e de minas
de ouro, lhe farás tão facilmente?

Que famas lhe prometes? Que histórias?
Que triunfos? Que palmas? Que glórias?

E num latim gutural assustador:

– *Maxima debetur puero reverentia!*[1]

Eh, pá, o desgraçado do homem teve tanto cagaço daquele olhar irado de Moisés, que se ajoelhou no chão, transido, para lhe rogar clemência!

Mas o velho cuspiu no chão:

– *Vade retro*, ranhoso! Não será o teu pasquim fedorento a anunciar o advento do Homem Novo!

Embaraçada com os modos do marido, a Mãe ofereceu-se às escondidas para prestar declarações:

– Não é homem nenhum, é uma menina!

E confidenciando, corada:

– Sei. Mudei-lhe as fraldas.

Mas chagaram-na tanto, coitada, que também perdeu a paciência.

– Ó pá, vamos que é esperta, e depois? Nós a modos que gostamos dela assim!

E aproveitando a televisão para acenar a uma prima de Paços de Ferreira:

– Recebi o teu postal, Dores! Digo-to daqui, porque os selos estão pela hora da morte e sempre se poupa!

1. Deve-se à criança o máximo respeito (Juvenal, *Sátiras* – XIV, 47).

Ainda não te contei como é que a Família perdeu o cão e o peixe.

O rafeiro atirou-se da ponte quando o Pai estreou o carro para ir à Caparica, e o peixe saltou do aquário para a torradeira, num voo de grande efeito plástico, para morrer grelhado por vontade própria.

Suicidaram-se.

Talvez te pareça suspeito, numa malta que fazia gala em tratar bem os animais, mas a mim, que vivi dois anos com aqueles gajos, não me custou a acreditar.

Andavam deprimidos.

O Pai comprara o *Sermão de Santo António* na Feira da Ladra e teimou que, se o lesse para o aquário, o peixe talvez discernisse.

Era uma idéia senil e eu avisei-o centos de vezes que não resultava. Além disso, não conseguia imaginar para que lhe interessava exactamente um peixe lúcido; o desgraçado não podia argumentar com o padroeiro, e, mesmo que por absurdo aprendesse a discorrer, morreria de tristeza ao saber-se encarcerado dentro de um queijo de vidro, sem possibilidades de usar barbatanas para subir o Nilo ou desovar nas Seychelles.

Que além do mais era uma maldade, percebes?

Mas o velho chamou-me simplório e, durante um mês, entregou-se de alma e coração à tarefa de evangelizar o ovíparo.

Indescritível.

Um belo dia, desapontado com os seus métodos acadêmicos, acordou a casa inteira a chorar como uma criança de colo, arrependido por ter sujeitado o peixinho a viver tanto tempo numa superfície tão limitada e deixando-o sem espaço higiênico para um desenvolvimento intelectual em condições.

Resultado: convenceu a Família a transferi-lo para a banheira.

Contado, ninguém acredita.

A Família foi portanto interditada de usar champô ou sabonete para se lavar e passou a tomar banho de imersão à temperatura do ar, com o peixe escondido atrás da pedra-pomes, aterrado, com medo de que Anã se lembrasse dele para as suas experiências em vasos comunicantes, que a Mãe o amanhasse com a gilete quando lavrava as pernas ou que eu próprio o esmagasse com as minhas raízes quarenta e um.

Como calculas, recusei-me a tomar precauções especiais contra um ciclídeo fêmea de sete centímetros chamado Isadora.

É claro que ao fim de um mês de calcaduras, resfriados e escaldões, a peixa entrou em neurastenia e em greve de fome ao mesmo tempo.

Foi quando o Pai achou por bem voltar a pô-la no aquário, mas já tarde. A Isadora só descansou quando se encomendou ao Criador e foi dançar para outro sítio.

Do cão, tive pena.

Era um castro-laboreiro pachorrento, atravessado de vadio, consciente da sua desvantagem étnica e que só queria que o deixassem em paz.

Pedia o mesmo que eu: uma nesga para se deitar e meia hora por dia sem ondas.

Naquela casa era uma extravagância.

Todos os dias o Mais Velho e o Segundo discutiam e acabavam à lambada.

O Segundo era um ente estranho, de unhas polidas e sobrancelhas aparadas, que jogava ténis e gastava todo o dinheiro que tinha em relógios, gravatas de seda e sapatos italianos.

O pior era envergonhar-se do buraco onde vivia, mas depois conto-te.

O Mais Velho ia aos arames com ele, não só por se achar doutro sexo, mas também porque o Segundo dormia abraçado ao cão, e aquilo metia-lhe nojo.

– O cão é meu!

– Não é!

– Fui eu que o trouxe!

– Fui eu que o criei!

– Sou eu que o levo às vacinas!

– Sou eu que o levo a mijar!

Discutiam em português antigo:

– Mijar, mija a tua avó!

– Mijar, mijamos todos!

– Sim – dizia o Mais Velho. – Mas quando o menino mija, rico, molha o sapatinho...

Era o que bastava.

Pegavam-se os dois como galos e só paravam quando a Mãe fingia desmaiar ao fogão.

– Mataste a mãe, desgraçado!

Quando o pai chegava e reparava que aqueles dois não se falavam, suspirava, consumido:

– Estou outra vez assim, filhos?

– Assim como? – perguntava o primogénito.

– Não falas ao teu irmão?

– Aos meus irmãos falo!

A mãe benzia-se debulhada em lágrimas, e o Mais Velho levantava-se da mesa e pisava o cão de propósito, para se desforrar.

Conclusão: não me lembro de um só jantar em que o cão não abandonasse a *Marquise* a arrastar uma pata ou não fosse para o Quintal uivar o seu desespero.

Chamava-se Florença para o Segundo, Sevilha para o Mais Velho e Covas da Piedade para o Pai, que tinha uma pena do caraças do gajo e o apresentava às cadelas das amigas, incitando:

– Chegas-lhes, Covas!

Ninguém agüentava.

Quando a Anã aparecia nua na *Marquise*, de cabelo solto como a Godiva e montada no seu dorso, num número clássico que toda a Família achava muita gracinha, o Covas baixava a cabeça como se agradecesse na ópera e atirava-a ao chão, sem complacência.

Não se prestava.

A Anã amuava e chamava-lhe orgulhoso, e o Covas, em vez de se melindrar, afinfava-lhe turras meigas, até a fedelha se derreter.

Era um senhor.

Já viste o que é fazer de beubéu à tarde, a roer *marronglacé* e a ouvir Wagner sentado ao colo do Segundo, e ter de sair à noite com o Mais Velho e ficar à porta dos bordéis a levar pontapé da rapaziada, à espera que o tipo se despachasse?

Não agüentou.

Deixou de ladrar numa sexta-feira-treze em que cheguei a casa mais cedo e estranhei aquele silêncio.

– Que é do Covas?

– Está doente.

– De quê?

– De neura – resumiu a Anã.

A partir dali foi a pique.

Não tinha fome, tombava por terra quando a Anã se escarranchava em cima dele e, mesmo quando o Mais Velho o trilhava, ficava no mesmo sítio a ganir tão baixo que parecia o Senhor Salema a rir-se de mim.

Quando se aperceberam de que o bicho estava a dar as últimas foi um vê-se-te-avias para o animar; fizeram um esforço tão grande que até o Mais Velho fez as pazes com o Segundo, num abraço firme e açoitado com virilidade, que fez o gajo desatar a tossir convulsivamente e obrigou a Mãe a pagar a promessa de ir a Fátima a pé.

Mas não houve nada a fazer e, quando o Pai se lembrou de o levar pela primeira vez à praia, o Covas assustou-se quando viu o rio aos quadradinhos e, ladrando em aflição, saltou por entre o vidro para se afogar no Tejo.

Não se atirou logo.

Ficou perdido no tabuleiro, despassarado com os carros, mas quando fugiu para se desviar dum caminhão e viu o rio ali ao lado a fazer-lhe olhinhos, tomou balanço e despenhou-se na água.

Foi um sarilho para o encontrar, e só dois dias depois um arrastão o guindou do lodo.

A Família jejuou no dia em que o trouxeram numa caixa de sardinhas, e convenceu o prior da freguesia a estar presente no enterro para lhe fazer um elogio fúnebre digno de um senador.

Até eu chorei.

Mas a melhor homenagem que apesar de tudo lhe fizeram foi a conversa inacabada daqueles dois tunantes:

–Porra, pá, o Florença...

– Florença nada, Sevilha!

– Olha, gostava mais dele do que tu.

– Um corno!

– Eu chorei toda a noite, gaita!

– Eu também, rico... – troçou o Mais Velho –, mas lá por causa disso ninguém me ouviu os soluços!

E xingando:

– O menino percebe?

Estava a esquecer-me dos Gémeos: eram dois exemplares de beleza e compleição sem concorrência.

Mas moles, broncos, calões.

Tinham olhos azuis como o Pai, mas mais turquesa, perfil etrusco talvez, e o lábio inferior inchado, a pedir beijos.

O mulherame do bairro desmaiava.

Não podiam circular livremente, porque qualquer burguesa honrada se via aflita para manter a compostura.

Tinham histórias do arco-da-velha.

Um dia, a viúva de um pescador entrou-nos pelo portão adentro para vender queijadas e deparou com a parelha nua a tomar sol no Quintal. Olha, caiu redonda com o choque, por cima dos agriões e, quando acordou com o Número Um a descalçar-lhe os tamancos e o Número Dois a abaná-la com um leque, deve ter julgado que estava no Paraíso e tirou as cuecas.

Tinha oitenta e um anos e bigode.

Quando a Mãe passou e a viu toda descomposta, teve de gritar para despertá-la do seu transe:

– Então, Senhora Angelina, tem calor?

Mas a velha era fina e não se deu por achada:

– Não, mulher. Foram os safados dos teus filhos que se quiseram aproveitar de mim!

Safado era eu.

O Número Um era distraído como as casas, e o Número Dois a maior abécula que conheci na minha vida.

Ó pá, juro-te! Aquilo até fazia aflição.

Um dia atravessou o bairro uma finaça deslumbrante de Rolls-Royce, capeline e luvas altas; ao deparar com o Número Um a regar em tronco nu, mandou o *chauffeur* abrandar, sorriu ao gajo, com os olhos cintilantes de cobiça, e abriu a porta com a intenção de o convidar a entrar.

O tipo viu-a, correu ao seu encontro qual gaivota planando, mais belo do que um deus, e baixou a cabeça para a prevenir:

– O melhor é a madame fechar a porta, porque a rua é estreita e ainda pode aleijar alguém!

Eu, que passava naquele momento, dei um encontrão ao tipo para me insinuar em seu lugar:

– Se lhe puder ser útil em alguma coisa, minha senhora, fico a saber por que razão Deus me criou...

Mas a gaja é que já estava danada com a desfeita e, antes de fechar a porta com maus modos, sacou o cigarro da boquilha e apagou-mo na testa.

É esta marca que tenho aqui.

No caso deles, nem era bem o risco de lhes trocarmos os nomes, mas, mais grave: o de se confundirem entre si.

Eram tão iguais como estúpidos.

Quando, no café, o sapateiro encontrava invariavelmente um deles a jogar matrecos, perguntava, baralhado:

– Tu, qual és?

Aflito, o Número Dois corava para responder:

– Agora, assim de repente, não lhe sei dizer...

Ouve, eu próprio apanhei várias vezes o Número Um a dizer ao gémeo:

– Estás bom, Armando?

E o Número Dois a corrigi-lo, paciente:

– Amílcar. Armando és tu...

Ouve, era dum gajo se mandar ao ar!

Já sem idade para aquilo, eram os únicos homens da casa a falarem-se com um beijo; uma manhã, o Armando viu-se ao espelho e, estremunhado, julgou ter à frente o irmão gémeo.

Adivinhaste! Como ainda não o tinha saudade nesse dia inclinou-se e beijou a própria boca.

Repugnado, gritou:

– Ó pá, isso é que não!

Impressionante, era tão estreito o entendimento de que gozavam aquelas duas almas que os seus diálogos mais pareciam conjunções:

– Queres?

– Quando?

– Hoje!

– Já?

– Claro!

– 'Bora!

– Emprestas?

– Quanto?

– Dois...?

– Dois??

– Um!

– 'Tá.

– Boa!

– Psiu...

– Ah!

– Pois!

– Anda!

– Vamos!

E saíam aos abraços.

O Pai, possesso com a falta de oralidade daqueles dois, perseguia-os com a gramática:

– Gostaram de ir ao cinema, filhos?

– Gostámos.

– Não é "gostámos"! É: "Gostei, sim, pai. Era um filme de *cowboys* muito interessante, com o John Wayne no principal papel!"

– Pois – respondia um deles.

– Não é "pois"! – saltava o velho. – É o que eu te disse! Repete!

E o Amílcar lá repetia:

– Era um filme de *cowboys* muito interessante, com o John Wayne no principal papel.

Até que o outro gaguejava:

– Ele gostou de ir ao cinema, mas não viu o filme, pai...

– Não viu o filme?

– Era para maiores de dezoito, pai...

– E daí?

– E daí a gente ainda não tínhamos, pai...

– Não é "a gente ainda não tínhamos", é "a gente ainda não tem", merda!

Mas o outro perdia-se:

– A gente não tem merda?

– Idade – berrava o velho. – Foram ou não foram à porcaria do cinema?

– Fomos, pai, mas a gente não vimos o filme...

E o gajo já doido:

– Não viram filme? Não viram o filme? Então o que é que foram lá fazer, não me explicam?

– Tapamos a cara, pai, porque a gente tivemos medo de ser presos.

Tinham solidariedade biológica.

Quando o Armando dava cabo do joelho, era o gémeo que gania, magoado, e quando o Amílcar se cortava com a gilete era o outro que saía de casa, nesse dia, com um algodão colado ao queixo.

O Número Um empalidecia para dizer:

– Vai-se a passar qualquer coisa com o mano...

Assustada, a Mãe benzia-se:

– O quê, filho? Valha-me Deus!

– Já vai ver... – dizia ele.

E caía-lhe uma trave em cima.

Quando o outro chegava e a Família reparava que lhe sucedera o mesmo, indignava-se com este:

– Não podia ter telefonado a prevenir o Amílcar?

E o Número Um defendia-se:

– Poder, podia, mas assim como assim, ficamos doentes ao mesmo tempo!

E para o irmão:

– É ou não é, mano?

Bebiam uma grade de cerveja por dia e atestavam a bexiga à mesma hora; resultado: levantavam-se da mesa ao mesmo tempo, desabotoando a braguilha com grande antecipação, e cruzavam jactos na única pia da casa, a discutir futebol.

– Puxa aí...

Não lavavam as mãos a seguir e voltavam para a *Marquise* mais amigos.

A Cuba era meia-irmã, mas sabia-se de quem era.

Quer dizer...

Ainda novo, o Pai viajara até Havana para participar num campeonato de xadrez e saiu uma das noites com um grupo de carolas do tabuleiro para ver o *show* Tropicana.

Estás farto de saber, daqueles em que as gajas deslizam como jibóias pelas palmeiras abaixo, ao som da rumba, e se bamboleiam à nossa frente com minissaias de ráfia.

Bom, só te digo, não sei se foi do calor, o gajo, que nessa altura era um otário, ficou de tal maneira a ferver que sacou uma das dançarinas do espetáculo e apertou-a com força; acho que as peles se casaram imediatamente, sem precisar de papéis, e quando o suor começou a colá-los um ao outro, como mãos ensaboadas, o tipo perdeu a cabeça e perguntou já rouco:

– Quanto custas?

– Vinte dólares.

– Sim, senhorita, eu até tenho – salivou ele. – Mas diz-me só se és preta...

Ela negou a sorrir, com os dentes brancos de mais enterrados nas gengivas cinzentas, mas o gajo estava tão pifo que se deixou de pruridos.

Foi, confessou-me a mim, o melhor risco que correu na vida.

– Adormeci com ela a matar-me melgas no rabo... – E suspirando, nostálgico: – E se as havia, na ilha...!

No dia seguinte eram dois estranhos e ela pisgou-se do *hostal* com duas carteiras.

Sim, também com a dele.

Acho que o tipo esteve de rastos nesse dia, amaldiçoando a ilha, mas, como ficou em primeiro lugar no torneio e voltou de lá com uma medalha gravada, nunca mais se lembrou dela a não ser trinca e dois anos depois, quando uma mulher dessa idade lhe bateu ao portão da casa, com dois sacos numa mão e o B.I. dele na outra.

– Estaba ya harta de tanta hambre, así que me meti en un barco – ouviu ele, à queima-roupa – Mi madre me ha dado una foto tuya. ¿Puedo quedarme contigo?

E perante o seu ar apalermado:

– Soy tu hija. ¿No lo habías adivinado todavía?

O tipo não teve um enfarte por acaso.

Olhou para o Bilhete caducado, lastimando a cara de parvo que tinha à data e, ao reparar que a rapariga era mais castanha do que um galão, ficou a tremer das pernas e deixou-a entrar; para se arrepender rapidamente e, num gesto de duvidosa dignidade, lhe barricar a entrada com o braço e berrar à mulher:

– DEIXAS UMA MOÇA QUE É MINHA FILHA VIR VIVER CONNOOOOOCO?

A Venância, que não podia de maneira nenhuma largar o refogado, respondeu da cozinha no mesmo tom desbragado:

– COMO É QUE SABES QUE É TUA? CORTASTE-LHE O UMBIIIIIGO?

E cheirando a colher de pau:

– PERGUNTA-LHE SE AO MENOS TEM SAÚDE!

Aflito, o Pai virou-se para a mestiça e apurou:

– Tens saúde, tu?

Ela sorriu, segundo ele com o mesmo olhar da mãe, distraído e insolente, e salgou:

– Tengo un chico que no tiene mucha, el pobre, pero...

Ao Pai custou-lhe decifrar aquele acento cerrado e, achando que ela estava a pedir-lhe contas, saiu-lhe da frente para a deixar entrar:

– Na há-de ser por mim...

Mas ela não aceitou logo, enfiou uma argola de dedos na boca para assobiar, esperou um momento ao portão, sorrindo para o entreter, e só passado um bom bocado entrou pelo Quintal adentro com quatro pirralhos ranhosos de carapinha.

Só meia hora mais tarde a Mãe apareceu lá fora a limpar-se ao avental, disposta a saudar a estranha com um sorriso eivado de perdão optimista; mas quando deparou com os quatro bonecos de chocolate pendurados no baloiço, aos gritos, e uma mulata altiva a limar as unhas debaixo da Nespereira, descalça, voltou para a cozinha, e, agarrando na palha-de-aço como se fora um punhal, de lágrimas a escorrer pela cara abaixo e a trautear baixo uma modinha nervosa, atirou-se aos tachos.

CAPÍTULO II

O Pai não gramava, mas eu chamava aos quartos "gabinetes de prova".

Nem aquilo merecia mais.

Faziam lembrar as cabinas de chita que os feirantes improvisam nas traseiras dos camiões para se provarem calças, sabes?

No primeiro dormia o Pai, a Mãe e os quatro Netos, em dois colchões de casal que rangiam por razões diferentes; no do lado, o Mais Velho e o Segundo em divãs geminados, com o Covas ao meio; no terceiro, os Gémeos, num só colchão em posições inversas; e no último, a atravancar a porta do frigorífico, a Cuba com a Anã no sofá-cama.

Cuba, não, chamava-se Amparo; mas como o Pai associava o nome à farinha disse-lhe "Ficas Cuba, que não engorda".

Quando o Mais Velho levava mulheres para casa, tudo aquilo se transformava: o Segundo pirava-se para o quarto dos Gémeos, o Covas para o quarto das raparigas, e a Cuba, que era alérgica ao pêlo dos cães, ia para a retrete pintar as unhas dos pés até o Mais Velho lhe bater à porta, roufenho, a pedir toalhas.

A Cuba odiava cães, e a Anã detestava-a com uma intensidade parecida.

Foi o Pai que, pesaroso, lhe descobriu a fraqueza:

– Tem alguma coisa contra as pessoas de cor, a menina?

– Aquele cheiro...

– Nós também temos um cheiro, sabia?

– Sei – bocejou ela –, mas o meu não me incomoda!

– Mas incomodas-me tu!

– Então, tem bom remédio... – respondeu ela. Como quem diz: – Desampare-me a loja que tenho mais que fazer!

E continuando, cismática:

– Já para não falar daquela coisa irritante de se rirem constantemente...

E logo o velho, nervoso:

– Muitos estão sempre a chorar, mas mesmo que não estivesse: é muito feia a inveja, sabia?

– Inveja? – perguntou ela, abismada. – Inveja de quem se ri *antes* de perceber?

O Pai que, à data, se esforçava por debelar o seu próprio preconceito, nunca mais descansou enquanto não arranjou um argumento que o convencesse:

– Se calhar riem-se porque acham os brancos estúpidos!

Mas a garota virou as costas e encolheu os ombros:

– Há-de concordar que, para descobrir isso, não é preciso cérebro!

Foi nessa tarde que, chocado com a soberba da fedelha, o Pai decidiu mudar os Netos para o quarto dele:

– Passas a dormir com a Cuba, até descobrires que ela tem um coração maior que o teu!

Furibunda, a Anã rugiu:

– Também, com aquele corpanzil todo, era melhor que não tivesse!

Nem me lembres, pá!

Eu passava as noites na Garagem, num divã desmontável tão curto que me deixava os tornozelos ao léu, entre o tanque da roupa e a bilha do gás, a apanhar com pingos de água na fronha, como um traidor chinês.

Dormia debaixo do estendal, embalado pelo ondular erótico dos sutiãs da Venância, e acordava ensopado como uma esponja, a ranger de reumático.

E não pense que alguém me lastimava: consideravam o meu canto o mais privilegiado da casa – por ser quente e, de uma perspectiva optimista, mais privado –, e sempre que se ouvia o estrépito de uma ratoeira a exercer, depois de as luzes se apagarem, o Mais Velho dardejava alto:

– Ouviram isto? É o Escritor a ter uma ideia!

Gozavam comigo por escrever até tarde, calcula, como se eu os incomodasse alguma coisa; lia à luz do piloto do esquentador, que era mais exígua e bruxuleante que um coto, e cheguei a arranjar um sarilho na vista de tanto esforçar os olhos.

Um inferno.

Bastava alguém tossir naquele abrigo de refugiados – palavra de honra que era o que aquilo parecia – para todos acordarem em cadeia.

Por exemplo: o Covas latia, o Mais Velho despedia uma murraça para o gajo se calar, o Segundo caía da cama abaixo a deitar sangue do nariz, a Anã acordava com terrores nocturnos clamando por Alcibíades, os Netos engrenavam em uníssono num pranto de sirene, a Cuba levantava-se para lhes entoar um Pablo Milanês qualquer, logo a seguir os Gémeos, para aliviar a bexiga, e a Mãe, que era sonâmbula, saltava por cima do Pai, com o donaire de um hipopótamo, para alcançar o fogão e mexer uma panela vazia.

Só nessa altura, accionado pelo ruído irritante do alumínio oco, é que o Pai se levantava como um morto do comboio fantasma, de ângulo raso a recto, para consultar o relógio e, com as olheiras mais fundas que uma chávena de café, berrar, desesperado:

– Mas o que vem a ser isto? Decidiram todos ir jogar cartas, é?

Aos domingos era o caos.

Mal se levantava, o velho corria as cortinas para despertar a Família, desgostoso com a sornice geral, e a casa ficara a parecer de repente um campo de batalha depois da chacina, com dezenas de corpos tombados por terra, o que me obrigava – percebes? – a atravessá-la tão reverentemente como a um campo de minas, para ir tomar duche sem pisar ninguém.

Ainda me lembro do dia em que a expressão do Pai se petrificou para os ameaçar de morte:

– A Cuba é vossa irmã, faço-me entender?

E da resposta que o Segundo lhe deu, antes de levar um estalo:

– É também sua filha, ou não?

Tudo isto porque o Mais Velho a filara com um olhar torturado de tentação, no dia em que ela se apresentou à mesa de roupão curto e turbante, com um sorriso esfíngico, exalando os vapores olorosos de um longo e cantarolado duche.

– Aqui, as pessoas jantam vestidas... – insinuou o Pai, incomodado.

– Tem graça – respondeu ela, a obstruir no decote, com a ponta do dedo mínimo, o leito de um pingo de água. – Em Havana é o contrário...

Mas aquela gaja fazia um ar tão insuspeito, pá, que até o Pai se sentia porco ao atribuir-lhe malícia!

Foi das poucas vezes em que foi repreendida pela crueldade com que passeava o seu corpo elástico na mira de seis gajos; no dia em que a Família percebeu que aquela maneira lassa de andar e aquela alergia às roupas eram tão suas como o pigmento dos braços, até o próprio Pai desistiu de a censurar.

Mas fiquei a saber que não é fácil respeitar-se o parentesco de uma irmã caída do céu.

Repara.

Era eu o único que podia cobiçá-la sem limites, se os tipos, despeitados, não tivessem passado a vigiar-me com uma aplicação perdigueira à espera de que eu pusesse o pé em ramo verde para me desancarem.

Não estás mesmo a ver?

Já que não podiam usufruí-la por serem consangüíneos, dispunham-se a assumir o papel de irmãos-sentinelas, mais por inveja do que por custódia, claro.

Eu piava fininho para não arranjar problemas, mas não podia evitar que toda aquela interdição me excitasse; causava-me uma perturbação tão grande que, em vez de afastar a possibilidade de uma atracção vulgar, agravava o espectro de algo mais perigoso.

Passou de risco a iminência.

Até porque era impossível que todos os homens da casa – e repara que incluo o Pai – não projectassem em mim os seus próprios devaneios.

A Cuba era uma mulheraça, mas mesmo que não fosse.

Passava a vida seminua a depilar as sobrancelhas, a entrançar o cabelo com fitas ou a desencravar os pêlos das pernas com uma pinça, sem qualquer pudor cristão, e tornava-se um verdadeiro suplício coabitar com ela sem trair toda a sorte de fantasias que nos assaltava a todos.

A Mãe fazia de conta que não reparava, mas a Anã estava farta de topar o desassossego que a intrusa, com a sua chegada imprevista, provocava entre os homens.

Irritada, aproveitou uma noite em que a Cuba levou os filhos ao circo para lançar à mesa uma pergunta plausível:

– Como é que o senhor sabe se ela é mesmo sua filha? Só porque trazia na mala a sua carteira sebenta?

Engasgado, o Pai começou por fingir que não ouviu; mas como todos poisaram o garfo ao mesmo tempo para aguardar a resposta, com avidez, foi obrigado a esfarrapar uma defesa:

– E como é que eu sei que não é?

Continuou-se a comer sem apetite, mas o velho teve medo de parecer tão parvo aos filhos como aos próprios olhos e tentou a grandeza:

– A Cuba chama-me pai, e isso basta-me!

Nessa altura, a Mãe, a quem nunca ocorrera que o marido pudesse ter caído numa esparrela saloia, perguntou a chupar os dentes:

– Ó homem! Não me digas que depois disto tudo tu não me metes as mãos no fogo?!

E com um sorriso defraudado:

– É que, não é por nada, mas se a rapariga não é tua filha, por alma de quem é que eu tenho de ser avó?

Era a Anã, claro, que estava fadada para o descobrir.

Um dia entrou na casa de banho sem bater à porta e deparou com o Pai como viera ao mundo, sentado na tampa da sanita a ler Camilo.

Não penses que se atrapalhou.

Viu-o corar até à raiz dos cabelos, tapar o padrão dos descobrimentos com a encadernação do *Amor de Perdição* e, sem pestanejar, plantou-se ali a apreciar-lhe a nudez.

– Sai... – rogou ele, envergonhado. – Não vês que estou a ler?

– Não seja infantil... – pediu ela, sem paciência. – O que estou a ver é que o senhor tem na anca os mesmo cinco sinais em forma de Cassiopeia que a Cuba tem...

– Não me digas... – gaguejou ele, cobrindo as pernas.

– Sim! – gritou ela. – Sinais iguaizinhos aos da Cuba!

E furiosa por ser ela, logo ela, a fornecer a prova à Família, bateu com a porta e soprou os seus quinze anos cansados de lucidez:

– É mesmo sua filha, e eu começo a estar farta de viver!

Não me perguntes o que é que ela tinha de especial: não tinha nada e tinha tudo ao mesmo tempo.

É claro que para nós, fifis da Europa, uma mulata é sempre uma mulata, com toda a sorte de tentações implícitas que vêm desde a curiosidade de puto aos tabus que nos impingem.

Nem eu sei.

Desafiam-nos com a sua altivez, o seu segredo de liberdade, a sua mística anti-socrática, a sua aparente incapacidade de fermentar neuroses, o seu aceno "nem sabes o que perdes" ou "não és homem até me experimentares", mas a atracção que exercem tem de encerrar algo mais misterioso.

Ou não nos dariam volta ao miolo.

Não me gozes, menino: a malta não casa com elas porque tem medo de gostar, porque já não é homem suficiente e porque, sobretudo, tem cagaço de escandalizar os queques deste mundo.

Merda.

Esquece tudo o que eu te disse, esqueces?

Aqui tens uma prova cabal do meu amor pela Cuba: quando penso nela, ao fim destes anos todos, não só deixo de raciocinar em condições, como acabo a dizer bojardas como qualquer racistas.

A Cuba fascinava-me apenas por ser mulher e, confesso, por ter os pés mais perfeitos que vi na vida.

Estás a ver ao que se reduz o branco? A uma justificação de si mesmo.

Não faças caso.

Eu gramava a Cuba, porque a sabia capaz de me amar sem futuro – é sempre o pavor da grilheta que nos inibe na cama, sabias? – e porque tive a sorte – a sorte, pá! – de o perceber no instante que a vi.

Podia ser branca, preta, encarnada ou verde, que me era completamente indiferente, acreditas?

Naquela altura eu precisava de ser amado de qualquer maneira e não hesitei.

Aí, fui negro.

É sempre de manhã, depois de acordar e antes de abrir os olhos, que tomo consciência do reles que sou.

É nessas alturas – em que faço um balanço impiedoso da minha vida e reconheço o meu egoísmo – que eu deveria tomar as grandes resoluções da minha vida; mas estou sempre ensonado de mais para progredir, e meia hora depois de lavar os dentes já me acho um gajo decente.

Calço com os sapatos a personalidade da véspera e moldo-me sem resistência àquela plasticina parecida comigo.

Mas tenho um momento de inquietação todas as manhãs e a lucidez do que está mal.

Um dia, acordei a pensar que o Segundo precisava de ajuda.

Sim, era um tipo pegajoso, e o Mais Velho tinha razões de sobra para se irritar – não que o irmão fosse particularmente mau, coitado, mas por não ser particularmente nada.

Era susceptível como uma gorda, tinha caprichos parvos e a voz aflautada dos tipos gozados nas aulas.

Ninguém me tira a ideia de que foi o Visconde que o tornou assim.

Perguntas bem.

O Visconde era um tipo com camisolas de decote em bico de todas as cores, que passava as férias em Inglaterra, vestia *blazer* para ir à missa e era mais alto que nós por comer fruta e fazer desporto desde catraio.

Um menino, topas?

Vivia numa quinta ali perto, e como era um gajo porreiro, sem razões para ser ordinário, a Mãe gostava daquela amizade.

Tinham andado juntos na catequese e costumavam jogar à bola no adro, antes de o Segundo se tornar um choninhas.

Por coincidência, voltaram a encontrar-se anos mais tarde, em Medicina, e estreitaram relações.

Foi nessa época que o fidalgote o convidou para jantar, inocente da perturbação que causaria um convite tão informal; de facto, não lembraria ao careca que o infeliz fosse demorar mais de duas horas a arranjar-se para sair.

– Algum problema? – perguntou desconfiado, dobrando a porta da rua.

– Nenhum, filho... – respondeu-lhe o Pai, desmanchado. – É que julgávamos que já tinhas feito a Primeira Comunhão!

O tipo saiu de casa para não ser visto a corar, mas ainda teve de gramar o Mais Velho a massacrá-lo:

– E esse perfume todo é para quê, pá? Vais anestesiar alguém?

Percebia-se que investia naquela amizade como na Bolsa, e eu tive a certeza disso, porque ele próprio me confessou:

– Era gente com massa, percebes? Não me apeteceu que me achassem um zé-ninguém!

Mais tarde, disse-me que ficou siderado com os estábulos, os buxos e os azulejos do palácio e que ao ser apresentado à mãe do Visconde não desmaiou por um triz; a viúva deu-lhe a mão a beijar, num gesto airoso de bailarina cansada, e o gajo, ao deparar com aquela mão esguia e transparente tombada à sua frente, minada de sinais, e de veias azuis, não percebeu para que efeito era e elogiou-lhe a pulseira.

Não te rias, pá, aquilo para o tipo foi um drama!

Chegou a casa destroçado nessa noite, e a Anã ouviu-o soluçar até o Mais Velho o mandar morrer longe.

Moral da história: teve uma depressão a que ninguém ligou bóia e só passados seis meses se levantou da cama, com aquele ar desembestado das decisões urgentes, para começar, ainda em pijama, a esquadrinhar o baú da Família, disposto a encontrar entre a papelada roída a prova de um antepassado bem nado.

Uma coisa doentia.

Achou a pista numa carta de amor e confirmou-a num canudo de pergaminho lacrado, que a Mãe, à falta de mata-borrão, usava para safar a ferro a estearina das toalhas.

Ficou tão emocionado que convidou todos para almoçar fora nesse dia, num rasgo sem precedentes, só pelo gozo de ser ele a anunciar à Família a sua legitimidade heráldica:

– Somos nobres, mamã!

O título era dum verdugo qualquer da Inquisição que fora distinguido por *serviços* prestados à Coroa; ninguém sabia de que préstimo se tratava, não vinham especificados no pergaminho, mas o gajo foi tantas vezes à Torre do Tombo que acabou por encontrar, na efémera resistência do tetravô à denúncia dos seus cúmplices, razões de sobra para se orgulhar.

O documento atestava que o parente, de seu nome Dom Agostinho Albuquerque Sousel, bispo de Gaia, fora decapitado na cadeia por crimes de coerção e abuso de autoridade, mas o Segundo estava com tantas ganas de ser algo que decidiu não se armar em esquisito.

E mais, andou um ano a aforrar transportes e almoços para poder encomendar, numa ourivesaria da Brandoa, um cachucho de ouro de lei com as armas daquele traste.

Não imaginas.

O Mais Velho cuspiu no chão em sinal de repúdio, e o Pai, depois de um longo suspiro, revelou-lhe que o patrício de que ele tanto se orgulhava tinha sido, além de clérigo, amante de uma sevilhana de lábios pintados a quem chamavam Ferrocarril, que ganhava a vida a cantar flamenco fingindo-se coxa.

– E não somos Sousel, filho, mas Sousa.

– O que é que interessa?

É que nem os pormenores sórdidos sobre a vida licenciosa do pontífice o demoveram; levantando os olhos aos céus num arroubo sonhador, repetiu:

– O que é que interessa? Também Alexandre Bórgia foi um papa femeeiro e um dos seus netos foi santo!

Repara: tudo isto para poder dizer ao Visconde que também era fidalgo.

Mas não teve sorte nenhuma. Era o gajo a transpirar de expectativa, de pergaminho na mão, e o outro cheio de sono, a recordar vagamente.

– Fidalgo? Tem piada, agora fizeste-me saudades de um cão que tivemos cá em casa, com esse nome... – E bocejando: – Já sei, era um rafeiro nojento que tinha imensos ciúmes do *cocker* da minha avó e morreu de raiva.

Ó pá, o Segundo era destes tipos desfasados do seu meio, que se envergonham dos pais que têm e dão um rim por um estatuto social.

Mas repara, para ele era o sangue azul, como para mim são os livros para ti as equações.

Ou achas que a malta fez o curso só para satisfazer uma "curiosidade insaciável"?

Não interessa, a verdade é que me esforcei por ajudá-lo à luz do que eu próprio assimilara, percebes?

Achava eu.

Disse-lhe que só a autenticidade poderia fazer dele um gajo popular, emulado pelos homens e desejado pelas mulheres, mas falava com tão pouca convicção que nem a mim convencia.

Ambos sabíamos que a maior parte das pessoas se rende à aparência e não ao valor, e que o gajo não era tão especial que pudesse dar-se ao luxo de renunciar à palmadinha nas costas para merecer o reconhecimento improvável de um ou dois espíritos independentes.

Até porque se não tivesse, como parecia não ter, qualquer espécie de carisma, era difícil encontrar malta capaz de lhe dar valor.

Eu dizia-lhe, talvez romanticamente, que o importante era avançar todos os dias um passo, mas o tipo teimava como um menino birrento que enquanto as pessoas o desprezassem não seria capaz de evoluir.

Tivemos debates intermináveis em que ele acabou por me confessar, vendido, o seu desprezo pelos brasões; mesmo assim, calcula, não consegui convencê-lo.

Sustentou que metade das coisas que se fazem só são importantes para os outros, e eu, forçado a reconhecê-lo, acabei de dizer "talvez".

Só não era uma discussão frívola, porque tu sabes como este tipo de complexos pode envenenar a vida a um homem.

E a minha posição era frágil.

Sei que há graus de insegurança tamanhos que não comportam qualquer espécie de grandeza, e que não são as ideias, e muito menos a razão, que têm poder para dissolver séculos e séculos de mitos arreigados.

E o gajo intuía-o até melhor do que eu, nas suas pungentes tentativas de se salientar junto duma maltosa que, na melhor das hipóteses, o considerava um palhaço.

Mesmo assim – acreditas? – gastava todo o dinheiro que tinha a vestir-se como eles e a jantar nos mesmos sítios.

Tu sabes que a psicologia sempre me irritou, até porque não é por esquadrinharmos a infância retroactivamente até ao útero que nos adaptamos melhor a esta gaita; mas a verdade é que foram aqueles serões patéticos que um dia me encurralaram.

Ou seja, não consegui que evoluíssem, mas as discussões com ele acabaram em discussões comigo mesmo.

CAPÍTULO III

Apaixonei-me por ela antes de a conhecer.

Tinha chegado furioso, reprovado no Código, e, para evitar que o Mais Velho troçasse da calinada que me lixou o exame, resolvi baldar-me ao jantar e recolher à Garagem duas horas antes do costume.

Foi o meu mal.

Depois de me levar um chá de tília à cama, a Mãe convenceu-me a emborcar uma colher de óleo de fígado de bacalhau e, não contente com isso, ainda cantou para mim "*O meu menino é de oiro/ é de oiro fino/ não façam mal/ que é pequenino...*" – estás a ver?

Comecei a bolsar no lenço com arrancos calamitosos, à rasca para vomitar – não sei se pela zurrapa nojenta, se pela letra humilhante –, e o Pai, vendo-me assim abatido, lembrou-se de recitar uma ode do Ricardo Reis, interminável, talhada para a minha angústia:

"Cerro os olhos: é bastante. Que mais quero?"

Eu cá não queria mais nada.

Quando os vi, enfim, virar costas, soltei um dos mais gratos suspiros da minha vida e fechei os olhos; mas a marmanja da Anã, que estivera durante todo aquele tempo escondida debaixo da cama, a gozar o prato, pregou-me um susto de morte, mal me viu adormecer.

- Surpresa!

Ia-a matando.

- Posso ler-te a sina? – perguntou, sibilina, procurando-me a mão debaixo dos cobertores.

- Não quero saber de sina nenhuma - gritei já histérico –, a minha sina é ter de vos aturar a todos, raios vos partam!

- E agora ainda vais ter de aturar mais... - insinuou, misteriosa.

E soprando-me ao ouvido:

- Vão ser, pelo menos, mais cinco pessoas a viver nesta casa...

Só uma notícia daquelas, à escala de Richter, me faria esquecer a despesa, o atraso e a figura de parvo que aquele chumbo me acarretara.

- Mais cinco? – perguntei, incrédulo, destapando a cabeça e saltando como uma mola. – Mais cinco como?

Foi então que soube da chegada da Cuba, que a Anã começou a descrever como "uma manganona suja e sonsa que diz ser filha do Pai e irmã de todos", para acrescentar "minha é que ela não é de certeza" e ainda "quando muito é filha da mãe".

Compreendes, pá, se os novos hóspedes fossem homens, velhos ou crianças, a perspectiva de partilhar aquele pardieiro com mais malta tinha-me levado a fazer as malas naquele instante e a procurar outro lugar mais inspirador para escrever; mas falarem-me de uma mulher nova e desconhecida naquela hora depressiva de balanço excitou-me imediatamente.

Não sei explicar-te a sensação de esperança que a simples palavra *mulher* me transmite, sobretudo quando só mesmo elas conseguem ressuscitar-me; talvez por isso, depois da síntese da

Anã sobre a Cuba, nos adjectivos "matulona suja e sonsa" eu li imediatamente "sensual, livre, intrigante e disponível".

Vê se percebes, não são as pernas nem a boca nem o peito ou as coxas das mulheres que têm poder para nos deixar assim; mas sim o facto de uma delas com tudo isso bem expresso ser capaz de esquecer o apetite que suscita aos outros gajos para satisfazer só o nosso.

Espera, não é nada disso.

Ouve, quem é que dizia "Esquecer o mundo dentro do corpo do outro"?[1]

Pronto, é mais isso.

Ouve, só aquela sensação de vê-las sucumbir ao nosso toque, primeiro curiosas, expectantes, condescendentes, e depois, a pouco e pouco, correspondendo com todo aquele ardor!!

Não sei, a verdade é que já não consegui pregar olho.

Despeitada, a Anã avisou-me que "a preta" tinha ido "pastar" os filhos para o jardim do coreto e que chegaria não tardava; assim, apressei-me a despachar a fedelha para esperar a nova inquilina com uma febril expectativa de intimidade e renascimento.

Conjecturei logo ali, exaltado como um puto à espera do Pai Natal e numa ânsia sem explicação. Tudo o que poderia acontecer num cenário daqueles, pá, exíguo, promíscuo, onde as pessoas esbarravam umas nas outras, tropeçavam em botas e ratoeiras, dormiam a cortinas meias, partilhavam a televisão com roedores, tiravam senha para ir à retrete, descobriam pensos e preservativos enrolados nas brechas mais improváveis. Imaginei a troca de olhares, os encontrões possíveis, a revelação do seu corpo em ângulos exclusivos, a sua rendição à minha voz, aos meus beijos, aos meus braços.

---

1. Bernard Schlink.

Quando Cuba chegou finalmente, entoando uma canção castiça, identifiquei da minha cama todas as outras notas do seu corpo: o estalido molhado da sua boca roçando as bochechas dos filhos, o picante do castelhano numa ave-maria devota, o suspiro fundo mas corajoso, o chiar da cortina a correr lenta e cruelmente aos meus ouvidos, o estridor do sutiã a disparar-lhe das costas e um peito que idealizei logo grande e pesado a tombar em câmara lenta sobre um ventre hospitaleiro... Juro-te: podia desenhá-la de olhos fechados só de lhe idealizar os movimentos!

E quando a vi por fim, pá, quando me esgueirei da cama depois de o último ruído se extinguir, com o coração a acelerar com medo de que as molas me denunciassem e de respiração suspensa como um mergulhador, avançando de tenda em tenda em direcção ao quarto dela para confirmar, entre duas pregas de tecido, que ela era mais, ainda mais esplêndida do que imaginara, senti, por uma humidade que não vou especificar, que o melhor era recolher ao quarto antes que ela se risse na minha cara.

E tu também. Podes rir-te à vontade.

Apesar da frustração daquela noite em que, com um pouco mais de calo, talvez tivesse gozado de um encontro a sós inesquecível, ainda acordei no dia seguinte com o peito opresso de expectativa; levantei-me a assobiar para lhe sugerir descontracção, sem sequer saber se me escutava, e depois de ter ajeitado o pijama e alisado o cabelo para fingir que acordava sempre assim, todo boneco, dirigi-me à casa de banho e dei de caras com ela.

Não te descrevo.

Não era bem preta como a achara a Anã e me parecera na penumbra da véspera, mas bronzeada por inteiro, e tinha umas pernas cheias e hidratadas que luziam, prometendo-me todos os prazeres do Paraíso incluindo a maçã.

– És tu o Escritor? – perguntou-me a rir, sem sequer me

olhar, espalhando creme nos cotovelos e provando-me que o Mais Velho já tratara de me rebaixar.

– Não sou escritor. Estudo Literatura e, para já, limito-me a escrever versos...

Digo-te: nunca a naturalidade me pareceu um sacrifício.

Falei pausadamente de propósito, para que ela me entendesse, mas não tinha anda acabado e já ela me interrompia:

– Ah sim? – e tinha um sorriso doce e esplendoroso ao mesmo tempo, pá, só queria que visses! – E vives aqui por quê?

– Não... não sei – gaguejei. – Os meus pais trabalham em França, vim de lá para estudar, respondi a um anúncio...

– E gostas da Família?

– Gosto, claro, gosto até muito! Mas...

Só me lembro disto: virou-se de lado para passar e deixar-me a casa de banho livre, mas, ao cruzar-se comigo, roçou no meu o seu peito, e fiquei zonzo.

Lá dentro, fechei a porta, e encostei-me aos azulejos, respirando mal, de olhos fechados e a cabeça a andar à roda, e só despertei do meu transe ao terceiro murro dos Gémeos que, à porta, me rogavam vez.

Ensaboei-me no Duche, com a cabeça a latejar e, uma vez enxuto, precisei de esperar algum tempo até conseguir correr o fecho das calças.

Pára lá com a risota, pá, que chatice!

Quando saí os Gémeos tinham mijado no chão em sinal de protesto, e só à noite me disseram que eu estivera mais de duas horas trancado lá dentro, sem soltar um som, surdo às investidas da Família.

Queres acreditar que não dei pelo tempo passar?

Duas semanas depois, todos a amávamos perdidamente, e eu não me conformava com uma estreia tão aselha.

Mas não podia ter feito nada, entendes?

Como é que poderia ter-lhe confessado a anormalidade de um sentimento que me dominara *antes* de a conhecer?

Impossível, pá, mandava-me internar!

A verdade é que, a partir do terceiro dia, a Cuba começou a manifestar uma nítida predilecção pelo Segundo, preferindo-o para conversar a qualquer de nós, e o Mais Velho não hesitava em vingar-se, enxovalhando-o a torto e a direito:

– Há dessas camisas para homem?

Mas era pior, pá, não resultava.

Como todas as mulheres do mundo, também esta saltava em defesa do mais fraco – ¿Que pasa, hombre? Por qué toda esa palabrería estúpida? –, pelo que o outro, despeitado, aproveitava toda aquela raiva armazenada para fantasiar duas ou três formas prazenteiras de assassinar o irmão.

É que o Segundo não via nada: nem a sorte que tinha nem o desespero que nos causava, percebes?

A Cuba convidava-o para passear a sós com ele, a seguir ao jantar, e quando voltavam, de braço dado, ficavam a trocar confidências até às tantas da madrugada ouvindo fado, rumba ou ainda as bocas do Mais Velho:

– Desliguem essa porra, que eu quero dormir!

E não só. Também as da Anã que, espumando, disfarçava a voz:

– Volta para a tua terra, comunista!

Eu cá calava-me, torturado na minha cama, e ficava a ouvi-los trautear uma, dez, vinte canções, seguindo as letras das capas; numa noite em que me levantei, desconfiado de tanto silêncio, surpreendi-os a dançar um *slow* ao som do gira-discos do Pai, abraçados um ao outro e de cara encostada.

No dia seguinte não me contive:

– O que é que vês nele, Cuba?

Ela abriu os olhos, parecia sincera:

– ¿Y por qué? ¿No me lo dices? ¿En Europa no hay eso de amigos?

Andava tão despeitado que fui ordinário em castelhano:

– ¿Y en tu América no los hay, los amantes?

Ó pá: julgas que ela se ofendeu? Olhando-me nos olhos, arrumou-me assim:

– Sí, pero amigos los hay menos...

Como quem diz:

– Propostas como a tua, tenho-as aos pontapés!

Está bem. O Segundo talvez fosse mesmo amigo dela e não seria certamente um exemplar daqueles a ameaçar-me; mas, nunca se sabe, se por um lado me sossegava, o facto de o ver cada vez mais pálido, lânguido e olheirento deixava-me de atalaia.

Se reparares, é sempre com amigos que elas nos enganam; começam por almoçar em esplanadas, desabafar com eles as nossas safadezas e choramingar nos seus ombros, e acabam invariavelmente a descobrir que era mesmo de uma retaguarda assim, sem ciladas ou sobressaltos, que andavam a precisar.

Esta podia não estar apaixonada por ele, é verdade; mas, se estivesse ele por ela, eu tinha todos os motivos do mundo para recear que essa veleidade ingénua acabasse mais tarde ou mais cedo por comovê-la.

Quanto a mim, não tinha sorte nenhuma:

– Anda daí comer um gelado, rapariga!

– Hoy no, y quizá mañana tampoco.

Do Mais Velho não tinha medo.

O gajo era de tal maneira grunho que mesmo que a sacasse não seria por muito tempo; e, se não o rejeitasse ela, desprezava-a eu por uma escolha tão boçal.

Ouve.

Uma noite, ainda não existia Cuba nenhuma, espiei-o com uma mulher e fiquei esclarecido.

Entrou em casa já aviado, tropeçando em tudo, e depois de se certificar de que dormíamos, empurrou-a para a cama e disse "despe-te".

A tipa nem latiu.

A seguir, caiu sobre ela como um guarda-vestidos empurrado, grunhindo ao som das molas, e, quando aquilo acabou, largou um arroto obsceno e disse "veste-te".

Foi tudo.

Aproximei-me pé ante pé, para admirar o perfil feminino capaz de se sujeitar a uma brutidade daquelas; mas ao verificar que a senhora tinha mais de sessenta anos e espartilho, compreendi que não era de sexo nem de amor que se tratava, mas de tracção às quatros rodas.

Mas não penses que relaxei.

Sabes bem que ainda há mulheres que gramam brutamontes

destes, objectos, sobretudo quando têm maridos que deliram aos trinta e sete graus de temperatura ou calçam luvas para regar o jardim.

Todos naquela casa eram um estorvo ao meu encontro com a Cuba, sonhado a todas as horas, a começar pelo Pai que, sempre que a via passar, rodando as coxas, levava a mão a um olho para disfarçar o nervoso e dizia "Não sei o que tenho na vista..."

A Mãe adorava-a.

Aprendia com ela receitas de arroz cubano, repulsivas, e jurava que nunca tinha conhecido alguém que areasse tão bem os alumínios.

– Parecem prata – dizia-lhe, orgulhosa. – E envergonhada dos seus melhores sentimentos: – Pareces minha...

Dos Gémeos, soube depois.

No mesmo dia, surpreendi Número 1 de panamá na cabeça a desenhá-la a carvão, empoleirado no Duche, e o Número 2 a escrever versos, de olhos em alvo, à sombra da Nespereira.

A princípio, sem perceber quem era a musa do gajo, até lhe falei do Lombardi; mas quando aquela beiçola grossa, aqueles olhos azuis e toda aquela juventude a derrotar-me, sem dó nem piedade, me pedem uma rima para *coração*, fiquei tão desorientado que só me ocorreu *cabrão*.

Já viste isto?

Um tipo ali, mortinho por se habilitar, e aquela malta a fazer de propósito para me atrasar a vida, como se estivessem combinados?

Bolas, pá, um pai e quatro irmãos? De sangue?

Uma noite, vendo a vida a andar para trás e a Cuba regateada por todos, nas minhas trombas, achei que estava na altura de relembrar o parentesco e suspirei:

– Também eu gostava de ter uma irmã assim!...

E olhando o velho, intencional:

– Ou uma filha!

Engasgaram-se todos ao mesmo tempo, tossindo pão, azeitonas e lascas de palito, menos a Mãe que, a leste da tensão geral, a aliviou dizendo "Que pena, uma toalha posta hoje!"

Mas todas as noites o ambiente fervia.

Se o Segundo dissesse qualquer coisa que fizesse rir a Cuba, o Mais Velho entornava-lhe o vinho sobre as calças, se o Número 2 lhe tocasse no braço, levemente, para lhe perguntar com aquele ar bronco "Queres mais pataniscas, maninha?", e o Número 1 a imitá-lo "Anda, come que estás a crescer!", era o Pai que entornava o Galheteiro, transtornado, para explicar que aquilo não eram "pataniscas, merda, mas sim peixinhos da horta", e que quem estava a crescer eram eles, portanto não chateassem.

Nessa noite, até a Mãe estranhou o marido.

– E tu, não queres repetir, filho? Olha que te faziam bem ao fígado...

Às tantas, não agüentando mais, quis ir-me embora dali e acabar com o suplício.

Foi nessa altura que, sem suspeitar da paixão que me consumia e tirava o sono, o Segundo esteve dois dias a arranjar coragem para me confessar, cheio de engulhos, o seu amor pela Cuba.

Eh, pá, fui tão bera nesse dia que até me custa lembrar!

– Atenção, rapaz... Não te esqueças de que a Cuba é uma mulher simples, mestiça, popular...

E para o demover:

– E depois, repara, como a acolheria o teu grupo de Cascais?

O tipo olhou-me entre desapontado e incrédulo, abanando a cabeça:

– Ainda não sabes o que é o amor, pois não?

Como calculas, não lhe podia responder nada, a não ser isto:

– Entre irmãos não sei, de facto.

Mas imagina que o gajo resolve crescer à minha frente para me responder "Amor é amor, menino. Quando chega, não escolhe sangues..." – o patetinha, hem?

Calculas a minha frustração: serões consecutivos a tentar trocar-lhe por miúdos as grandes verdades da vida, para agora, à primeira mulher que lhe aparecia, compreender tudo ao mesmo tempo e ainda mais do que devia!

Exasperei:

– Olha, sabes que mais? Vou-me embora! Estou farto disto! Vou procurar outra casa!

E o palonço a tentar reter-me, metia nojo:

– Não vás, por favor, não vás! És o meu único amigo! E além disso tenho dúvidas, nunca gostei de uma mulher...

– E de homens, já gostaste? – perguntei à bruta.

Foi então que, escondendo a cara, o nosso amigo revelou:

– Só de ti, só de ti... – E já depois das primeiras lágrimas: – Percebes agora porque é que a Cuba é tão importante para mim?

A Anã que, desde sempre, fora a mascote da casa, não podia ver a Cuba à frente.

E tinha razão: a outra não só viera alterar os hábitos da Família como a desfalcava de atenções.

Repara: o Pai nunca mais tinha voltado a jogar xadrez com ela; o Mais Velho mostrava-se mais intransigente do que nunca na sua hora de recolher – "Podes ser muito esperta mas para mim não passas duma catraia! Vá! Andor! À minha frente!"; os Gémeos já não lhe pediam ajuda nos trabalhos de Aritmética; o Segundo nunca mais lhe dera a mão a ler; e a própria Mãe esquecia-se agora – dia sim, dia sim – de lhe entalar os cobertores.

Coitada da miúda, tive pena dela: de vez em quando chamava pelo Covas, a dormir, mas o Covas matara-se.

De mim não esperava tanto, mas também acusava o toque:

– Queres vir comigo ao cinema, ou tens programa melhor?

E sem me deixar responder:

– Sei lá, talvez passar o resto do dia à espera de que a preta te ofereça uma nêspera!

Toda a gente a julgava forte, madura e emancipada, mas a verdade é que a miúda sofria e emagrecia a olhos vistos.

Deitava-se muitas vezes sem banho e sem jantar, mas o que

mais nos alarmou foi verificar que perdera por completo a pachorra para brincar com a Sirigaita:

– Para ratazanas, já me basta esta infeliz! – dizia, aludindo à Cuba.

Aliás, bastava-nos espiar-lhe as leituras para nos apercebermos da sua transformação; se dantes lia o Joyce, o Poe e o Pessoa, autores que convinham à sua alma esotérica, ultimamente surpreendíamo-la a flagelar-se, horas seguidas, com livros do Kafka, do Sartre e do Zola.

E era agora ela, até mais que o Pai, quem citava alto sempre que alguém, preocupado, a sondava sobre o seu estado de alma:

– *O alento que me resta é justamente o que necessito para respirar!*[1]

O Pai, que tinha sido o último a reparar no seu abatimento, emprestou-lhe ingenuamente o *Só* de António Nobre.

– Lê isto – propôs-lhe, enérgico. – Verás que nunca estamos desamparados na nossa dor!

Mas ela declinou o livro com uma gargalhada ácida, pedindo:

– Deixe-me em paz, criatura! Faça mas é um exame de consciência, não seja hipócrita!

E, ao vê-lo virar costas, desconsolado:

– Oiça, foi por esse livro que aprendi a ler!

Não, não era uma dor passiva.

Nas horas em que não lia, entretinha-se a espiar a Cuba só para poder denunciar, delirante, a sua índole "falsa, truculenta, malévola".

Nessas alturas, sempre que descobria matéria para a denegrir, perseguia-nos com descrições avacalhadas da forma como ela se lavava ou se vestia, educava os filhos ou enrolava almôndegas:

---

1. *Diário*, João Palma-Ferreira.

– Fá-lo com as mamas, vi eu!

E no dia em que lhe descobriu, debaixo da cama, um baú secreto, não descansou enquanto não encontrou a chave e lhe violou o espólio.

Andava doida de todo.

Depois de desencantar no cofre um amuleto "suspeito", uma madeixa de cabelo "sinistra" e um frasco com uma substância aquosa e inodora, "venenosa", quis impingir a todos a versão de que a Cuba era uma bruxa.

– Vão ver, qualquer dia faz-nos um *voodoo* colectivo, e os nossos cadáveres parecerão saleiros!

Quando soube, a Cuba ficou sentida, e com razão.

Explicou que o presumível amuleto era uma lasca de uma palmeira onde inscrevera as iniciais do nome do primeiro namorado; que a madeixa de cabelo era de uma irmã que perdera; e que o misterioso frasquinho continha, muito simplesmente, o líquido que a ajudava a colocar, em dias de festa, as lentes de contacto.

Mas a Anã, longe de se comover, esqueceu toda a educação que o Pai lhe tinha dado e chamou-lhe "puta".

Farta das suas perfídias, a Venância perdeu a cabeça pela primeira vez:

– Bruxa és tu, que vês maldade onde não há!

Tal tu disseste.

Sentindo-se traída pela Mãe e abandonada por todos, a miúda cortou as veias nessa mesma noite com o xisato do Mais Velho, e se a Cuba não tivesse reparado na pequena mancha de sangue que alastrava no estofo do sofá-cama, e chamado imediatamente a ambulância, a garota tinha-se ficado.

Quando acordou no hospital estava diferente, e a sua raiva contra a Cuba parecia atenuada.

A princípio, ainda julgámos tratar-se de gratidão por lhe ter salvo a vida; mas, qual quê, a expressão do seu ódio mudara apenas de táctica.

Agora dirigia-se-lhe numa voz mansa e melíflua, mas, mal a via virar costas, perguntava-nos porque é que ela não se contentava em ser ilhéu, "o raio da bolchevista", e se a gente não percebia que "espécies" como a dela – "assim, tão rudimentares" – eram já obsoletas na Europa.

Depois de o golpe sarar, ainda ensaiou outras chamadas de atenção, tomando veneno, jejuando dias seguidos e ligando o carro na Garagem – sem se lembrar que era o meu quarto –, mas a Família cansada dos seus suicídios, acabou por integrá-los na rotina.

Ou quase. Nos dias em que se matava, o Pai consentia que fossem buscar um chocolate à mercearia para a reanimar, o que fazia com que os Gémeos abençoassem aqueles seus "actos tresloucados" para jogarem matraquilhos com o dinheiro que sobrava das tabletes beras que lhe traziam.

O Segundo, que era o mais sensível de todos, ainda convenceu a Família a tratá-la num psiquiatra; mas ao fim de meia dúzia de sessões o médico capitulou.

A Anã trocava-lhe as voltas com uma habilidade espantosa e, invertendo a terapia, entretinha-se a descobrir no analista as suas patologias.

E perseguia o Segundo:

– O teu médico é completamente marado, desculpa lá. Além de hipomaníaco, *voyeur* e cleptómano, nas horas vagas ainda bate na avó que é hemiplégica!

Ao fim de um mês, impotente para tratar o "caso mais bicudo com que deparei em tantos anos de carreira", o psiquiatra confessou ao Pai que se via obrigado a interromper as sessões por se encontrar com um "princípio de esgotamento".

Com esta é que a Anã se riu:

– Se isto é o princípio, faço ideia o fim!

Não, nem sequer aceitou os honorários.

Num derradeiro esforço ético, o terapeuta lá conseguiu vencer o medo que a Anã lhe fazia, e despediu-se dela com dois conselhos pensados; mas até nesse dia a fedelha o humilhou. Lançando-lhe um olhar cúmplice e maternal, piscou o olho e segredou-lhe:

– Vá com Deus, homem! E olhe que isso de dormir com ursinhos na cama, na sua idade, é muito mais freqüente do que pode imaginar!

Ainda se ofereceu, cinicamente, para explicar ao médico as verdadeiras raízes da sua "falha narcísica", mas o infeliz, apavorado com as gargalhadas de hiena que ela soltava ao mesmo tempo, fugiu dali a sete pés e nunca mais ninguém o viu.

Correu o boato de que a mulher o abandonou no dia em que quis levar uma galinha para a cama, mas nunca se chegou a apurar nada.

Os Netos eram giros e distraíam-nos das crises da Anã.

Sim, eram quatro em escada, dos seis aos nove.

O primeiro era o Cristobal, com lábio leporino e um coração periclitante; o segundo, o Pablo, com o hábito exasperante de decorar os reclamos da televisão e de os reproduzir de manhã; o terceiro, o Benito, que insistia em amestrar o Senhor Salema ao som de uma harmónica; e finalmente o Téo, que, por bambúrrio ou ironia, tinha o nome do Pai.

Talvez por isso o avô o adorasse e prevenisse a Família:

– Este, por ser o mais novo, é quem herda os meus livros!

A Anã revoltava-se contra este testamento "acéfalo e inválido" que, segundo ela, excluía "a única herdeira moral" da Família capaz de lhes dar utilidade e projecção; mas o resto da malta suspirava de alívio ante a perspectiva de se livrar daquele cheiro a pó fossilizado a que o Número 2 era alérgico.

Coitado do velho, às vezes metia pena.

Depois da desilusão que sofrera com os filhos – alguns parvos, outros só bípedes –, dos desgostos que a Anã lhe dava e do golpe que sofrera com o suicídio da Isadora, em cuja educação tanto investira, encontrava naqueles netos uma nova esperança de cultivar homens com maneiras, gramática e horizontes.

Assim, adormecia-os todas as noites com leituras declamadas do Garret ou do Kadafis, convencido de que, dada a miséria poética em que aquelas almas haviam vindo ao mundo, seriam naturezas potencialmente predestinadas ao Dom.

Outra ilusão.

Os Netos gostavam de o ouvir, está bem, mas nem todos com o mesmo interesse; saltavam de cama em cama enquanto o avô se esmerava na dicção, e transgrediam, de costas quentes, os horários fixados pelo Mais Velho.

Mas era um rancho catita, e a Cuba tratava-os bem.

Fartei-me de a cocar a dar-lhes banho, cantando baixo, ou a alisar-lhes as carapinhas à força de secador, vê lá tu, para serem aceites no bairro.

A pouco e pouco, todos se afeiçoavam a eles.

Até o pacóvio do Mais Velho que, ao descobrir que eram rejeitados na escola, por serem pretos, abriu mão da sua indolência para visitar pessoalmente a turma deles e esbofetear o professor.

– Ensinas tudo, mas não ensinas o principal, não é? – perguntou, sacando-lhe os óculos. E levantando o punho, decidido:
– Então toma lá e aprende tu!

Meses depois falavam português como qualquer de nós, e quando rezavam, à noite, de mãos juntas, tão pequeninos, todos na mesma cama, é que a gente percebia bem as bestas que éramos.

O Cristobal era o mais frágil, mas também o mais sensível.

Metia impressão olhar para ele, com o lábio passajado como uma meia, na vertical, e uns olhos castanhos desiludidos com o mundo; mas se aquela boca tinha nascido aleijada era justamente dessa, no meu fraco entender, que saíam as palavras mais bonitas.

Um dia, apercebendo-se da tristeza da Anã, aproximou-se dela e segredou-lhe:

– És bonita, tu!

Apanhada pela primeira vez desprevenida, a Anã não conseguiu fazer teatro:

– Achas? Porque é que achas, diz lá?

E o miúdo logo, sem vírgulas:

– Porque tens o cabelo loiro e a pele macia e os olhos da cor da piscina do hotel onde a minha mãe trabalhava!

Foi a primeira vez que vi a Anã, desarmada, corar até à raiz dos cabelos para formular derretida:

– Então, muito obrigada, Cristobal! És muito amável...

– Tens namorado?

– Namorado, eu? – E olhando em volta para se certificar de que ninguém ouvia a conversa: – Ainda sou tão nova...

– Quantos anos tens?

– Quinze... – respondeu. – E olhando em volta, afogueada, esticando a camisola para o perfil sobressair. – Mas já tenho maminhas, vês?

– Posso tocar? – pediu-lhe o puto, hipnotizado, aproximando a mão.

A Anã hesitou, mas resolveu:

– Não, Cristobal. Não vou mostrar-te o meu corpo, porque o nosso corpo é um segredo...

E, para o provar:

– Tu mostras o teu às pessoas?

E o garoto riu-se, acanhado:

– Ai, eu cá não!

– Então... – corou era. – Eu também não mostro!

E foi só depois desta conversa secreta, anos depois de lhe chegar o período – coitada, tão pequenita – e das suas primeiras crises ontológicas, que a Anã principiou, finalmente, a revelar que tinha alma.

Morto por conhecer a historia dela, um dia perdi o medo:

– Cuba, os teus filhos são todos do mesmo pai?

Como não respondeu logo, encolhi os ombros:

– Já sei, nem com toda a fome à arca...

Não percebeu, respondeu:

– Não achas que isso era um luxo grande de mais para uma vagabunda como eu?

– Cuba, tu não és vagabunda nenhuma – disse-lhe, desviando os olhos.

– Não te aflijas – riu-se ela. – Na minha terra somos pobres, mas cantamos!

– Queres falar? – perguntei, apercebendo-me de um brilho magoado nos seus olhos.

– Para quê? – disse ela. – Para lembrar misérias?

– Não – respondi eu. – Para te lembrares de ti...

E agarrando-lhe a mão, sem dar por isso:

– Já reparaste que nunca falas de ti?

Que noite, pá!

Era um Junho quente mas ventoso e a Cuba enrolara-se num xaile antes de me convidar para passear.

Sim, pela primeira vez.

Estava mais bonita do que nunca, ao natural, sem pulseiras nem *bâton* nem arrebiques:

Põe-te no meu lugar: esperei tanto aquele dia que nem disfarcei a excitação:

– Espera, vou buscar a carteira, não saias daí!

– Carteira? Para quê carteira?

Quando voltei já ela estava lá fora, olhando o céu, e, para não tropeçar no ferro traiçoeiro do portão apoiou-se no meu braço.

Fê-lo naturalmente, mas senti-me contente como um cão que depois de fazer estragos leva uma festa do dono.

– Nunca saí contigo, pois não? – perguntou, franzindo a testa. E desanuviando: – Só faltavas mesmo tu...

Arrepiei-me só de imaginar o Mais Velho a tocá-la com aquelas mãos de primata ou, pior ainda, ela a comover-se com aqueles dois palmos de cara desleais.

– Já saíste com o Mais Velho? – aproveitei, fechando os olhos para amortecer a resposta.

– Já saí com o Mais Velho, sim.

– E com os Gémeos?

– Com os Gémeos também.

Engoli em seco.

Queria muito perguntar-lhe se tinha chegado a intimidades com algum deles, mas não tive coragem; fiz-lhe então outra pergunta – parva, mas necessária:

– Namoras com o Segundo?

Ela parou de andar e olhou-me, zangada:

– Escuta lá, ó Escritor, são como meus irmãos!

Boa, ela não dizia "são", dizia "são como", e isso aliviava-me e apavorava-me ao mesmo tempo.

– São mesmo teus irmãos!

Mas ela, muito séria, voltava a confundir-me:

– Não cresci com eles, é verdade, mas é a mesma coisa...

Deixei-me de fitas, fui direto ao assunto:

– Sei lá, também podias achar um luxo esse parentesco tão forçado!

– Cala-te – pediu ela, selando-me a boca com o dedo. – Falas de mais!

Pudera!

– Mas, gostas de algum deles? – Insisti. E para evitar ambigüidades, especifiquei: – *Amas* algum deles?

Mas ela esquivava-se mesmo assim, pá, e é isso que as mulheres têm de irritante.

– Sei lá o que é o amor.

E galgando o muro, este mesmo aqui ao pé:

– Perguntaste-me há bocado se os meus filhos eram todos do mesmo pai, não foi?

Assenti com a cabeça.

– Pois bem. Fica a saber que o Cristobal é filho de um cliente da minha mãe que esperou que eu adormecesse para me desejar "buenas noches"; que o Pablo é filho do dono do hotel onde eu trabalhava, que me despediu antes de ele nascer; que o Benito é filho do padre que o baptizou; e que o Téo, o mais "ratito", é filho do meu único marido que se envolveu em políticas, levou um tiro na rua, me deixou sem dinheiro para os criar, e ainda...

Calou-se, eu ajudei:

–... e ainda?

– Nada – cortou ela. E repetindo: – Sei lá o que é o amor!

Mas, ao dizer isto, encostou-se um pouco a mim, arrepiada com o frio ou com o balanço tão triste da sua história.

E eu?

Ó pá, eu senti-me tão pequenino ao pé do que me contava que fiquei ali, só te digo, sem falar, durante imenso tempo!

No fim, ela beijou-me na testa, enternecida, e o beijo que me apeteceu dar-lhe já não pude devolver, compreendes, porque tive cagaço que ela achasse que eu estava a aproveitar-me e a debitar-lhe aquele momento de amizade e desabafo.

Às vezes tenho pena dos homens, acreditas?

Tinha quarenta e cinco palavras ao todo, contadas com devoção, mas nenhum dos romances que li até à data me deu um gozo tão grande.

Podes ler à vontade que não sentes o mesmo.

"*Esta noche ha sido fenomenal.*
¿Sabes que en ningún momento he tenido miedo?
Y aquello de lo frío era por el viento,
sino por tener las ventanas de mi corazón abiertas
de par en par haciendo corriente de aire con las de lo tuyo".

Ouve, não sei o que faria com ela, se me escolhesse.

Amava-a muito, é verdade, mas se, de repente, ela quisesse casar comigo, talvez fosse obrigado a reconhecer que, afinal, não a amava tanto como isso.

Não era nenhuma burra e, apesar de ignorante, tinha aquele tipo de sabedoria que só a terra ou a verdadeira adversidade podem transmitir a um ser humano; mesmo assim, quando pensava nela, custava-me a enquadrá-la no meu futuro, e não me imaginava a apresentá-la a ti ou a qualquer outro gajo da faculdade, e muito menos a convidar gente para casa com ela e receber à porta descalça ou enrolada em panos.

Não era exatamente uma nativa, mas uma mulher que, fora de um cenário indígena poderia parecer maltrapilha.

Quero eu dizer, num dia normal, vocês tiravam-me a febre.

Aliás, uma das coisas mais tristes que a Cuba me provou foi que eu não era, afinal, muito diferente do Segundo; nalgumas coisas, descobri, era ainda mais subalterno.

Intuía agora nela uma certa atracção por mim, embora velada, mas começava a sentir um medo terrível de que qualquer passo na direcção daquele festim me pudesse fazer perdê-la ou desmerecê-la ou, pior que isso, perder-me ou desmerecer-me a mim.

Encorajava-me por vezes a ideia de uma resolução demolidora que me faria apresentá-la aos meus pais e enfrentar o mundo, mas desanimava rapidamente só de pensar no meu velho a dizer-me "se soubesse que era para isto, não te tinha mandado estudar", ou na minha mãe a imaginar netos mulatos, espremendo o lenço, e a confessar-me com aquela voz prognostica "se me perguntares se eu estou contente com a tua escolha, não vou te mentir".

Repara, isto muito antes de a Cuba me aceitar.

Ainda se eu tivesse pais cultos, no verdadeiro sentido da palavra, capazes de descortinar o que havia realmente de civilizado, de livre e de independente numa escolha destas...!

Mas não; eram os dois tão atrasados que, em vez de me louvarem ou, melhor ainda, de apreciar a Cuba pelo ser amável que era, encarariam a minha escolha como um anátema que os envergonharia socialmente, desclassificando-os aos olhos dos vizinhos.

Sem saber como, encontrei-me num dilema.

Outras vezes, dava comigo a conjecturar soluções cobardes, mas pragmáticas: fugiria com ela para uma terra qualquer perdida no mapa, ou até para Havana, e, cafrealizando-me também eu – merda, pá, saiu-me o "também"! –, deixaria de experimentar de uma vez por todas esses constrangimentos tão mesquinhos, mas tão dolorosos também, inevitáveis em qualquer outro cenário.

Mas era uma solução batoteira, e eu sabia-o.

Assim, a primeira vez que fui para a cama com a Cuba, para mal dos meus pecados, conhecia-me melhor do que antes.

E nota que essa nova avaliação, tudo menos lisonjeira, não chegou para me ceifar o prazer daquela noite; só que, quando todo aquele furor amainou e ela tombou de lado, extenuada, eu – eu, meu querido – vendo-a finalmente esquecida e feliz, eu só tinha vontade era de lhe pedir desculpa.

De um momento para o outro – vá-se lá perceber as mulheres –, a Anã tornou-se a melhor amiga dela.

Estou-te a dizer.

A miúda despertava enfim sexualmente e procurava a Cuba para esclarecer as dúvidas mais infantis.

– Para que é todo este sangue, não me explicas? – perguntava, mudando o penso.

– Para alimentar os bebés, quando os esperamos...

– Mas quando não os esperamos porque é que Deus nos caustica?

Tinha piada observar uma criança que, aos oito anos, recitava de cor a sétima elegia de Duino[1] – lembras-te? "Nenhures, amada, haverá luz senão dentro de nós!" –, a atrapalhar-se agora com a aparição do Mais Velho em cuecas ou do Pai a agarrar a Mãe pelas costas, no lava-louça.

Quando os Gémeos contavam anedotas ordinárias, ela corava e saía da *Marquise*, fingindo que não percebia, e sempre que a Cuba se arranjava para sair à noite ou vestia calças de ganga justas e blusas panorâmicas, a Anã deitava-se a observá-la com um êxtase tal que a outra se sentia na obrigação de se oferecer:

1. Rainer Maria Rilke.

– Queres que te pinte?

Ela recusava, mesmo apetecendo-lhe – tinha o pavor do ridículo –, mas, sempre que a Cuba saía de casa para levar à escola os filhos, devassava-lhe as gavetas e ficava a acariciar a sua roupa interior, enfeitiçada, sonhando ao toque de cada peça.

Apanhei-a muitas vezes.

Um dia, para espanto da Família, confessou que tinha inveja da pele de Cuba por ser lisa e luzidia, não ter borbulhas nem pontos e dispensar bronzeador.

– Ah, sim? – perguntou-lhe o Pai, divertido. E aludindo às primeiras guerras: – Muito me contas!

Mas ninguém teve o mau gosto de lhe recordar o rancor inicial.

Nem nos apetecia, queres crer?

O clima que se respirava era agora tão benigno, desde que a Anã cessara as hostilidades, que nem o Mais Velho se atrevia a perturbá-lo com o seu temperamento ciclónico.

Também ele mudara.

Passara um mês preso por agressão a um condutor renitente, que tentara impedi-lo de engatar o reboque no seu carro, chamando-lhe palavrões, e durante os tempos de cativeiro foi o Segundo que, de todos nós, foi visitá-lo mais vezes.

Diariamente, antes de ir para a faculdade, passava pela cadeia e levava ao gajo pequenos mimos para lhe amenizar a estada: revistas *Playboy* ou presuntos inteiros, livros policiais ou aguardente de nêspera que a Mãe transferia pacientemente, com a ajuda de um funil, para os frasquinhos de água-benta que trazia de Fátima.

Acreditas que, um dia, até uma gaja o irmão lhe levou à cela?

Sabendo que o Mais Velho se enrolara recentemente com uma fêmea nova das redondezas, boa como o milho, deu-se ao trabalho de saber onde morava e desafiou-a:

– Venha lá. Olhe que ele apreciava o seu gesto!

Disso é que o outro gostou!

Rodeado de "judas" por todos os lados, como chamava os reclusos que, à falta de mulheres, dormiam com outros gajos, o Mais Velho pediu aos guardas para mijar – que estava aflitinho, que não podia mais –, e enquanto o Segundo os distraía, falando-lhe das últimas tendências da moda Outono-Inverno, o irmão deixava-se visitar biblicamente no urinol do presídio.

No fim, com a besta consoladinha, agradeceu ao Segundo da forma mais metafísica que conseguiu arranjar:

– Tu nem és parvo nenhum!

Até para mim estava outro.

Já não gozava com a popelina das minhas camisas nem com os livros de poemas, e, numa noite, honrando-me pela primeira vez com um convite varonil, desafiou-me para uma partida de bilhar e deixou-me ganhar.

O tipo tinha piada e até era um gajo porreiro, depois de se perceber a língua dele.

Nessa noite, à saída do salão de jogos, reparámos que uma quadrilha de ciganos lhe vazara um pneu do carro; a dois metros, olhei e vi o mesmo que ele: um clã altivo e insolente, todo vestido de preto, de chapéu e óculos escuros, que se entretinha a acertar-nos na escuridão com o reflexo das navalhas e se ria baixo, sempre que conseguia encandear-nos.

Era um desafio explícito e uma ameaça perigosa mesmo para o Mais Velho, considerado pelo mulherio o zorro das redondezas.

Ficámos os dois a olhar um para o outro, cautelosos, medindo as conseqüências de uma reacção marialva, mas como eu estava inspirado nessa noite propus:

– Deixas-me provar-te que os miolos valem mais que os músculos?

O gajo começou por protestar, porque não estava habituado a contemporizar, e um pneu novo lhe custaria pelo menos, uma semana de trabalho – "Ó pá, ouve, se estás acagaçado mete-te no carro as portas, merda!" –, mas como eu encolhi os ombros, indiferente à provocação, e os outros gajos eram doze, lá acabou por condescender:

– Sempre quero ver...

Aproximei-me então do grupo, coxeando, e sem sequer os olhar abordei-os ao melhor estilo Eastwood.

Isso mesmo. Pausado, enxuto, impassível:

– Tenho um pneu em baixo e preciso de um homem.

E ainda:

– A malta anda fugida porque matou um polícia. – E apontando o Mais Velho: – Aquele traz uma costela partida e eu uma bala aqui...

E, agarrado à perna, fingindo suster o sangue:

– Se largo a mão, deixo rasto, não sei se estão a ver...

Os tipos começaram por olhar para a biqueira dos sapatos, desconfiados, e houve alguns que trataram de dispersar; mas, entre os que ficaram, dois deles aproximaram-se do carro e em menos de cinco minutos mudaram a roda à nossa frente.

Enquanto fumávamos.

No fim, antes de arrancarmos, ainda estendi um braço pela janela e, com o outro agarrado à perna, gritei a um dos gajos:

– Dá-me aí uma verde que eu pago-te em pó, assim que limpar o sebo ao bófia que me fez isto!

À volta, depois de perceber que os tipos até um pneu novo lhe tinham pago, o Mais Velho reconheceu:

– Eh, pá! Isto assim até sabe melhor!

Depois disso tornou-se meu compincha, e todas as noites conversávamos no Quintal até às tantas, bebendo cerveja.

Sei lá: sobre todos os tópicos que tu possas imaginar e, por fim, até de literatura. Quero eu dizer: de tudo menos da Cuba, já se sabe, porque aí, filho, não tinha ilusões, não havia Ulisses que me salvasse!

CAPÍTULO IV

A Cuba revelava-se a pouco e pouco.

Nos primeiros tempos tinha disfarçado os melhores sentimentos por pudor, para não provocar a desconfiança da Família ou acirrar a Anã.

Mas dava gosto observá-la.

A alegria com que ajudava a Mãe nas tarefas mais imundas; o respeito em que assentara a sua relação com o Pai; o empenho com que educava os filhos ou instruía a Anã; a sabedoria com que serenava os furores do Mais Velho; a ternura com que temperava a dedicação do Segundo; o cuidado que tinha para não explorar a fogosidade dos Gémeos a quem havia despertado o fervor carnal e não perdiam uma única ocasião de a espreitar nua no Duche ou de se oferecerem para lhe carregar os sacos, só pelo prazer de se roçarem nela.

Ouve.

Fora uma mulher permissiva, admito, porque o carácter é um luxo para quem se acostumou a viver debaixo da terra, tu sabes e eu também; mas, ponho as mãos no fogo, não era uma galdéria nem nunca se vendera, e tinha mais dignidade sozinha do que meia dúzia de madames, dessas que a gente encontra na missa de colar de pérolas e pulseira de corações.

Olha a mãe do Visconde: tanta sobriedade na viuvez, tanto

porte na comunhão, tanta abstinência na Quaresma, para um dia ter soçobrado às mãos do padeiro cá da terra e lhe montar uma pastelaria.

Uma vergonha, pá: quando morreu, descobriram-lhe um saco de farinha autografado pelo mânfio, debaixo do colchão:

Para a minha febrinha que é uma riqueza,
para ver se aumenta essa chichinha...
Ai que ricos papos que ela tem!

E ainda, com aquela letra cursiva, ao viés, de segunda classe incompleta, antes do carimbo da "União Panificadora da Pontinha":

Teu Américo da Conceição Crispim –
alembras-te da risota da última noite,
ainda não fez oito dias?

Mas a Cuba, pá!

Sempre que os ânimos da Família se exaltavam por guerras de água ou de extremas, querelas familiares ou ajustes antigos, ela compreendia em silêncio o que se passava e só depois de ouvir os palpites mais idiotas sugeria soluções.

Ó pá, mas sempre tão nobres e lúcidas que nos dava avanço!

Tudo isto sem a factura que temos de gramar os virtuosos: o sorriso modesto, o acinte da discrição, o tom servil, o olhar dorido, os suspiros resignados.

Nada disso, a Cuba tinha uma alegria que vingava mesmo em quadros de adversidade e privação, mas era uma força da natureza capaz de matar, se a chateassem.

Muitas vezes a vi ser arisca e altiva, e estava pronta a pregar uma mentirola escapatória, sempre que ameaçavam a sua privacidade, a sua liberdade ou a sua vontade.

Por tudo isto, dilacerava-me a ideia de não ser só minha, compreendes? De a ver distribuir sorrisos e atenções por tantos gajos ao mesmo tempo.

Mas não podia fazer nada, entendes? Quem era eu para lhe exigir uma exclusividade que talvez não fosse capaz de retribuir?

Se te estiver a chatear, diz.

Quando falo da Cuba, não dou pelo tempo passar e só me calo quando me apercebo que a pessoa que me ouve já ressona; mas são coisas tão bonitas que não resisto a contar-te.

Por exemplo, quando o Pablo apanhou uma pneumonia só queria que fosses mosca.

Durante os vinte dias em que o puto teve temperatura – nunca menos de quarenta graus, o desgraçado – ela não largou um só instante a cama dele.

A Mãe oferecia-se para a revezar a vigília, bem como o Segundo que, de boa vontade, estagiaria no puto as suas noções profilácticas; mas a ninguém ela cedia a cabeceira.

Cozia-lhe canjas, mudava-lhe os pachos constantemente, contava-lhe histórias para o manter acordado e sempre que o miúdo delirava apertava-o de encontro ao peito e pedia:

– ¡Dámelo! ¡Dáme tu padecimiento, niño de mi alma, que a tu madre no le hace daño!

Outras vezes, de noite, exasperada com a birra do mercúrio, chegava a revoltar-se contra a imagem de Cristo, num santinho, que a Mãe lhe colocara à cabeceira:

– *Ah! Para esto vivió e sufrió tan terriblemente, para que las gentes ses contenten con una estampa tan idiota?*

Mas quando o estado do garoto se agravou a seguir a uma infecção pulmonar e o médico quis interná-lo, ouvimo-la soluçar toda a noite agarrada à imagem da Virgem que trouxera das Antilhas:

– ¡Si es para morir me lleva antes a mí, Santísima Virgen María! ¡Atende mis súplicas! ¡Mi hijo es muy pequeñuelo y yo ya he vivido lo suficiente para comprender que eres Tu quien lo decide todo!

Mas o miúdo não morreu, salvo por aquele amor inquebrantável, e uma bela manhã mandou chamar o Pai para que lhe lesse poesia. Embargado por uma tão grande comoção, o velho arredou a cortina e concedeu, solene:

– Hoje, escolhes tu o autor! Leio-te quem tu quiseres, meu neto adorado...

E chegou a chorar quando o ouviu perguntar, com a voz ainda alquebrada, se "o avô" não se importava de lhe recitar o poema "El esperar doliente", do seu homônimo Neruda.

– Vêem? – exultou ele. – Vêem que, desde que lhe leio poesia, ele nunca mais quis saber dos reclamos da televisão?

E choraram ambos, a filha e ele, agarrados um ao outro.

Tens razão, não podia jurar se ela era filha; mas nessa noite convenci-me: a partir daquele instante ele foi Pai.

O amor entre a Mãe e o Pai fazia-me espécie.

Desigual, mediterrânico, português, o que tu quiseres; mas, ao mesmo tempo, tão sólido que despistaria qualquer sufragista atenta.

Nota, o Pai não a ajudava em casa, não a beijava na testa, não lhe entregava dinheiro que chegasse, e só lhe arregaçava a camisa de noite em dias de festa quando bebia um dedo a mais e se tornava descarado; mas a crença que ela tinha no marido, tão funda, garantia-nos que o velho lhe tocava nalguma tecla secreta que a compensava de tudo.

E, depois, a disparidade.

Ele era senhor de uma cultura vasta, já to disse, a meu ver desperdiçada naquela cambada de seres sem transcendência – "No dia do Julgamento...", parece que estou a ouvi-lo, "... não te perguntarão porque é que não foste Moisés ou Jacob, mas por que não foste tu mesmo" –, enquanto a mulher, coitada, era tão analfabeta que fazia aflição.

Um dia, o Pai disse-lhe a brincar que Veneza ficava em África e ela acreditou:

– Ah, então deve ser por isso que dizem que cheira mal, só a caca dos elefantes!

Às vezes eram as próprias visitas, entupidas, que tinham de abandonar a mesa à pressa para não rebentar a rir à frente deles.

Por exemplo, o Pai dizia "Ontem fui à Invicta e achei-a mais bonita do que nunca", e ela inventava um pretexto para ir à cozinha e desatar a chorar sem testemunhas.

Exactamente: tomava "a Invicta" por outra mulher e, se nenhum dos filhos reagisse a tempo de desfazer o equívoco, choraria de ciúmes toda a noite.

Quer dizer, o gajo até podia ser uma figura interessante para consumo externo; mas, em casa, vai por mim, era uma verdadeira calamidade conjugal!

Só os livros que ele tinha justificariam uma anulação papal em qualquer outro matrimónio; as pilhas amontoavam-se na casa de banho, galgavam os parapeitos e irrompiam das frestas do cimento. Quando eram policiais, romances históricos ou poemas de guerrilha, gêneros que ele considerava menores, serviam para sustentar as telhas do telhado sempre que as asnas começavam a ceder.

De papéis, então, nem se fala; iam ganhando território e apoderavam-se das divisões como as raízes de uma árvore gigantesca, dessas que descarnam as casas e lhes levantam o chão.

Havia-os dentro dos armários, nas sapateiras e caixas de ferramentas e, no único dia em que a casa pegou fogo, foi porque o Pai resolveu guardar "provisoriamente" uns recortes de jornal dentro do forno, "por precaução", não fosse acabar o papel higiênico e os Gémeos se lembrassem deles para se desenrascar numa emergência.

Mesmo assim, o gajo arranjava sempre maneira de virar o bico ao prego:

– Então tu não me viste os papéis lá dentro, mulher? És muito taralhoucazita, valha-te Deus...

Mas ela era bruta, pá, o que é que queres?

– Credo, mas como é que eu ia ver, se tu até a porta do fogão me fechaste?

– E quando a abriste para acender o forno? Não te deu para reparar?

E lá caía ela na esparrela:

– Olha, o que é que queres? A minha cabeça já não regula bem, ando maluca!

O banho, então, era um circo.

O tipo atestava a banheira todas as manhãs, e só quando se metia lá dentro e a água alagava os quartos é que dizia, alarmado com os berros dos rapazes:

– Está bem, esqueci-me, não é preciso gritar!

E pronto, lá partia a Mãe cantando baixinho, de balde e esfregona na mão, para enxugar, de boa vontade, a distracção do marido.

– Ai este homem, que safado...!

O Segundo ficava tão revoltado que dizia sempre o mesmo:

– Não percebo, um homem tão culto...!

E, perante o ar inocente do Pai:

– Eureka, pai, Eureka! Será possível que não se lembre dos princípios da hidrostática?

– Então não me lembro! – dizia ele, ofendido. – Um rapazinho tão dotado, esse Arquimedes, e vai-me morrer aos 35 anos naquele acidente estúpido, em Siracusa, às mãos dos romanos? Olha, se não fosse o Pascal...

E aqui entrava eu, já saturado:

– E já viu vida mais inglória, a desse homem? Tanta experiência, tanta sebenta, para o senhor continuar a inundar a casa de banho todas as manhãs?

A Mãe adorava os filhos, mas não se comparava.

Muitas vezes, depois de se levantar às seis da manhã para cozer um polvo ao marido, ou uma orelha de porco, aquela besta ainda arranjava coragem para lhe fazer reparos:

– Hoje, não está como o costume. Puseste-lhe sal a mais, foi?

Pensas que ela se revoltava?

Bastava o tipo dizer-lhe, no dia seguinte, "que bom que isto está", para ela lhe perdoar por atacado trinta anos de egoísmo e negligência.

Um dia, desconfiado de tanta grandeza, dei comigo a envenená-la:

– Diga-me cá: porque é que você atura o chato do seu marido?

Queres acreditar que o olhar dela me fuzilou?

– Mau! Vamos que não te estou a perceber...

– Oiça – disse-lhe eu. – A senhora trabalha de sol a sol sem descansar um minuto, enquanto aqui o nosso barão, depois das nove da noite, já não faz nada em casa!

Foi a primeira e a última vez que se zangou comigo:

– Homessa! Mas é um homem que lê e mesmo assim olha para mim!

E perante o meu esgar desconcertado:

– Já me viste bem?

Foi então que a olhei pela primeira vez com atenção e percebi, envergonhado, onde ela queria chegar: tinha o cabelo ralo com peladas, as mãos calosas, as unhas pelo sabugo, uma barriga de gravidez adiantada, dentes curtos e descarnados, e, como se não bastasse, umas pernas atoucinhadas e sem calcanhares, azuis de varizes.

– Mas espere, oiça... – tentei ainda. – Se você não trabalhasse tanto, não se teria abandonado assim!

Mas ela chegou para mim: agarrando num retrato velho, todo janota, rasgou um sorriso de enlevo que lhe desenrugou a testa toda:

– Abandonei-me a mim, mas não o abandonei a ele, olha que história! – E estendendo-me a moldura, toda orgulhosa: – Já viste bem esta carinha?

Nunca mais insisti, mas ficou-me aquela dúvida: como era possível amar-se tanto e assim?

Mas escuta, o sentimento do Pai, por ela, ainda me intrigava mais.

Não que o tipo não lhe devesse verdadeira devoção, depois de uma vida inteira de dedicação e cuidados desinteressados; mas espantava-me que um homem letrado e livre, que evocava os maiores mitos românticos e apreciava os grandes arroubos criadores, conseguisse conservar inocência suficiente para admirar e desejar, ainda que raramente, um tão grande atraso de vida.

E depois, por muito que os observasse, não encontrava sinais de amor por parte dele que justificassem uma veneração daquelas.

É como te digo.

Um dia, vi-a cerzir camisas do gajo durante doze horas seguidas, das três da tarde às três da manhã, para no fim confessar estar cega.

– Cega como? – perguntou ele, paciente, renunciando ao jornal.

– Cega – repetiu ela. – Não te vejo!

O médico mandou-a ficar no quarto os três dias que se seguiram, quieta e na penumbra, mas só ao fim de quinze voltou a distinguir os Gémeos.

Até ali, nem de costas os trocara alguma vez.

Foi só então que o Pai se lembrou da empreitada dos colarinhos e lhe ralhou:

– Mas tu serás doida, mulher?! Quem te mandou coser tantas horas seguidas?

E ela a responder-lhe, vendada:

– Ora essa! Então tu não me pediste que te passajasse as camisas?

Depois de as contar, e de ter somado trinta, arranjei coragem para lhe falar no assunto:

– Desculpe lá, doutor Teodoro, mas preciso de lhe perguntar uma coisa: o senhor estima o que tem em casa?

Respondeu indignado:

– Então não havia de estimar? – E de mão no queixo, calculando: – Aí uns três mil volumes, duzentos mapas antigos e sessenta primeiras edições...

E de dedo em riste:

–... encadernadas!

Ainda não era ali que estava o sentimento, pelos vistos, mas, como o pressentíamos nas coisas impalpáveis, jurei a mim mesmo não desarmar até o descobrir.

Descobri-o logo a seguir, por acidente.

No dia da formatura do Segundo, depois de uma missa campal interminável, houve uma festa do caraças na faculdade do gajo.

Uma semana antes, a Mãe e o Pai tinham levado mais de seis horas a escolher as fatiotas porque nada do que assentavam se encontrava em condições.

Ele não tinha meias escuras nem fatos sem traças, nem camisa sem remendos nem botões de punho; mas, para ela, o panorama era ainda mais negro: todos os vestidos que sacava da arca se desfaziam em pó numa nuvem tóxica, e o pivete a naftalina era tamanho que o Amílcar, dessa vez, desmaiou antes do gémeo.

Depois de opor o polegar aos outros dedos, várias vezes, a Mãe chegou à conclusão de que saíra à noite pela última vez no dia em que Anã fizera um ano.

Nem um cinema, pá, isto admite-se?

Rapidamente, a aflição de não terem nada de jeito para vestir contagiou o resto da Família; a Anã, que em dois meses ficou mais alta que eu, queria à viva força levar um vestido da Cuba, obsceno de apertado; esta, por sua vez, sem a menor noção de urbanidade, propunha-se envergar, em pleno Inverno, uma capulana berrante; o Mais Velho, esse, sempre de ganga, também não tinha um único casaco que não estivesse ratado; as calças dos Gémeos, ambos com um metro e noventa, não lhes cobriam as meias; e os Netos, coitados, que vestiam em todas as estações fato de banho, sandálias e casacos de lã, não tinham sapatos para calçar.

Pior, nunca os tinham tido.

Ouve, já pensaste na despesa que implicava vestir decentemente uma família daquele tamanho, tesa como um carapau, assim, de um dia para o outro?

No meio disto, o Segundo, que começava a prever a chacota dos amigos, deu os primeiros sinais de angústia:

– Bolas, pá, estou mesmo a ver: todo este esforço para um final burlesco!

E disfarçando:

– Repara, é que é só e mais nada o dia mais importante da minha vida!

Era verdade, sim, mas por razões que só mais tarde viria a apreender.

A farpela do gajo estava pronta, engomada e pendurada no estendal da Garagem há mais de três semanas, mas só então percebeu que, ou se empenhava pessoalmente na indumentária da Família, ou o diploma de Medicina, tirado a ferros, passaria fatalmente de troféu a estigma.

Resignado, saiu de casa para se imolar num acto histérico: vendeu o anel de brasão, chorando copiosamente e, depois de atamancar no carro a familória, já com as notas no bolso, levou-os até a um grande armazém da Baixa para os vestir por atacado.

Mas antes de partir pediu-me:

– Vai lá ter comigo, por favor, e ajuda-me a vigiar o gosto desta malta. O Mais Velho adora vestir fatos de quadrados com camisas de riscas, e o Pai, a escolher gravatas, é perigosíssimo.

Uma vez, lembrou-se de comprar uma com cruzes suásticas, no mesmo dia em que, esquecido, me levou a visitar a sinagoga.

E resignado:

– Dizem vocês que eu sou estranho!

Uma hora antes da festa a Família estava irreconhecível. A Cuba levava um saia-casaco de fazenda azul claro, escolhido por mim; a Anã, *kilt* escocês, *blazer* e meias até ao joelho; os netos, calções cinzentos, botas de atanado e camisas beges; os gémeos, *jeans* novos e camisolas Sydney; e o Mais Velho, casaco de quadrados e camisa de riscas.

O Pai foi de azul-escuro, e a Mãe, de encarnado e saltos altos, foi tão bem restaurada pela Cuba que nos pareceu deslumbrante.

No salão universitário, decorado com grinaldas e balões, era vê-los a tirar a barriga de misérias!

A Anã rodopiou as primeiras duas horas com o Visconde, que, envergando um fato príncipe-de-gales, irrepreensível, a fez sentir-se uma duquesa.

Mais tarde, completamente embeiçada pelo tipo, perguntou-me a disfarçar:

– É *snob*, mas tem graça, não achas?

Só queria que visses.

Os Gémeos, que não estavam habituados a beber *whisky*, empifaram-se ao primeiro copo; o Mais Velho engatou a mãe de uma finalista, de corpete roxo; e eu cá dancei com a Cuba toda a tarde com um furor tal que lhe arrepanhei a saia toda.

Já alegre, a Mãe começou por dançar com os quatro Netos, um por um; parecia mesmo feliz quando, sentada com todos a uma mesa ampla, deu uma fumaça no charuto do Pai e engasgou-se.

A princípio riu-se, um pouco desbragada, mas depois afligiu-se mesmo e acabou a chorar, a tossir convulsivamente, a cuspir, a respirar mal e a arroxear.

Assustado, o Mais Velho deu-lhe uma palmada nas costas, mas com uma força tão excedentária que ela se desequilibrou e tombou de borco no chão.

A queda foi tão aparatosa que até eu me ri.

Ainda tentámos levantá-la, mas ela era chumbo, mais difícil de agarrar do que um moinho e, embora já tivesse resolvido o engasgo, não conseguia parar de rir. Deixou-se ficar no chão e continuou a gargalhar, indecorosa, batendo no joelho com uma mão ao compasso dos arrancos.

Claro, além de enfartada, estava bêbeda como um cacho.

Os netos riam-se com ela, contagiados e confusos, sem saber se ela se ria ou se lhes morria, a Anã alisava-lhe os cabelos suados e soprava-lhe a testa, para a refrigerar, mas ela só dizia "Ai meu Deus, ai meu Deus, que me fico aqui!"

O Segundo empalideceu e, dividido entre um amor filial desmesurado e o vexame por que o faziam passar, escondeu a cara nas mãos e desatou a soluçar.

Juntou-se gente para ver, e o Pai, sereno, só dizia "Não há nada que ver aqui, a minha mulher não se sente bem, dispersem por favor que estão a atrapalhar..."

Mas sofria ainda mais do que os filhos, a avaliar pela expressão condoída com que observava a mulher.

E só ao fim de algum tempo reagiu: aproximou-se dela e ajoelhou-se-lhe aos pés, solenemente – muito digno, com a gravata de camelos – e depois de lhe dar na testa um beijo longo e reverente, levantou-a nos braços e atravessou a sala de uma ponta à outra sustentando aquele peso.

À passagem, vendo-o a sorrir com uma expressão tão elevada que inspirava reverência, suando em bica, as pessoas ouviram-no repetir, de olhos molhados:

– Minha querida mulher que te amo tanto! Meu corpo adorado que não saberia viver sem ele um só instante!

E todos nós o seguimos em fila indiana, indiferentes à multidão que nos olhava, arregalada, e à música da orquestra que entretanto se calara, para estarmos unidos e fortalecidos naquela hora de redenção.

E quando digo todos, é todos.

Até o Segundo que, edificado pelo exemplo do Pai, se esforçava por vencer as suas menoridades.

Lá fora, no carro, à força de beijos, festinhas e palavras de ânimo, lá reanimámos a Mãe que, inconformada por ter estragado a festa ao filho, insistia em regressar ao salão para permitir que a reatássemos.

Assim, voltámos ao recinto com ela já pelo seu pé, devagarinho, penteada e recomposta pela Cuba, onde, para pasmo de todos, fomos recebidos por uma extraordinária ovação ao som do Hino à Alegria.

Abrindo alas, os convidados batiam palmas à nossa passagem, lançando flores à Mãe, e ela, maravilhada, sentiu-se noiva outra vez.

Exactamente como tinha sonhado, o Segundo recebeu o canudo das mãos da Cuba, cujo sorriso radioso lhe augurava toda a felicidade do mundo, e, passado muito tempo, os amigos ainda lhe juravam que nenhum outro diplomado tinha sido tão aplaudido como ele, na festa da licenciatura.

Mas quando chegou a minha vez de o abraçar, não resisti:

– Vendeste o teu anel de brasão, não foi?

O tipo resmungou qualquer coisa:

– Vendi, mas não quero falar disso!

– Espera – pedi-lhe. – Era só para te perguntar se reparaste na coincidência...

– Coincidência? Qual coincidência? – perguntou, desprevenido.

– É que, repara, vendeste-o precisamente no dia em que te tornaste um senhor.

Ficou imóvel a olhar para mim, digerindo aquilo, e descomprimiu-se a rir quando o imitei, gozando:

– Somos nobres, mamã!

Confidência por confidência, já agora, conto-te a primeira noite.

Ao contrário do que possas pensar, não fui eu que a procurei, mas ela a mim.

Andava em época de exames, a poder de tabaco e de cafés, e já não podia ver livros à frente.

Nessa tarde caí redondo na cama, com a luz acesa e a sebenta escancarada na barriga, e adormeci ferrado, apesar do tambor de uma enxaqueca a latejar-me nas fontes.

Mas ainda me lembro do que sonhava quando acordei com a Cuba ao lado.

Sonhava com prioridades.

Os meus pais ardiam juntos num incêndio, na casa de Dijon, mas o que me preocupava era a máquina fotográfica que um amigo me emprestara.

"A máquina fotográfica!", gritava eu. "Mandem um bombeiro ao meu quarto e tragam-ma, por favor. Tenho que a devolver!"

Os meus pais salvaram-se e, no dia seguinte, revistando os escombros, descobri que até a câmara tinha escapado às labaredas.

Quer dizer: a máquina não ardeu, mas ardeu o bombeiro que a salvou e sobre quem, segundos depois, se despenhava uma viga.

Gritei a dormir aterrado com a visão, e a Cuba, estranhando a minha respiração sobressaltada, foi até à Garagem para me aquietar.

Sim, as paredes eram de estuque e do quarto ouvia-se.

Quando abri os olhos, não queria acreditar:

- Cuba...?

Era ela, pá!

Fazia-me festas na cabeça e dava-me beijos nos cabelos e no pescoço, e eu – burro – a desperdiçar aquilo tudo convencido que sonhava.

– Não acredito... Cuba?

E foi assim: da dúvida passei à certeza, do espanto à gratidão, do júbilo ao êxtase, e do espasmo a uma urgência tão brutal que me fez dobrar o corpo.

– Se ficas aqui – avisei-a –, não prometo nada...

Sorrindo, ela deitou a cabeça sobre o meu peito, ajoelhada no chão, e ficou assim, sem se mexer.

Torturado, roguei-lhe:

– Vem para aqui, Cuba, peço-te. Deita-te comigo...

Foi então que, devagar, levantou a cabeça com o ar mais cândido do mundo.

– Tens certeza?

Respondi uma merda qualquer:

– Temos é que ter cuidado...

Não era bem cagaço de que os gajos nos flagrassem na Garagem, compreendes, porque se havia regra naquela casa era a de jamais se entrar num quarto sem licença do locatário – a Anã transgredira-a em tempos, mas crescera entretanto; estava era à rasca por não conseguir abafar os latidos de gozo que me escapavam ante a revelação – desta vez iluminada – do corpo dela.

Que horror, é chato, um gajo não deve contar estas merdas.

Está bem, *okay*, muito depressa. Tinha uma cintura estreita e uma barriga inverosímil, numa mãe, e o peito era grande e pesado, como o imaginara; mas o que me excitou mais de tudo, pá, mais ainda do que aqueles mamilos negros que põem um homem doido, foi o sorriso leve e disposto que esboçou a despir a camisola.

Empresta-me aí o lenço.

Senti ganas de urrar, mas, como não podia fazer barulho, puxei-a de encontro a mim e pu-la a jeito para acabar com o suplício.

Ouve, estava tão excitado que até acabar com aquilo não tive cabeça para mais nada.

Ora aí está, emergências que as gajas não percebem quando nos pedem para adiar o toiro e lhes fazer miminhos.

E depois, pá, sabes tão bem como eu, todas as noites de sexos nos parecem iguais, passados uns tempos, mas aquela foi de tal maneira exaltante que ainda hoje fico com câibras só de me lembrar: os beijos dela, os pés dela, o sorriso dela...

Que chatice, pá, acaba lá com as gargalhadas que ainda entornas o cinzeiro!

E ao experimentar um gozo daqueles, tão bestial que me pareceu egoísta, ou seja, independente da alma que mo fazia sentir, tive medo de me esquecer do dela e só me dava para perguntar, parecia um puto:

– Estás a gostar, Cuba? Estás a gostar?

É claro que estava ou não teria levantado a cabeça do meu peito para me segredar, com a voz já rouca, "He soñado tanto com esto..."

CAPÍTULO V

A recruta fazia-lhes bem, e traziam duas tatuagens nos braços, que confundiam ainda mais as pessoas.

AMÍLCAR, ESTE SOU EU!

ARMANDO, O FURRIEL É PANELEIRO!

E, além das tatuagens, duas namoradas gémeas.

Sim, calcula tu.

Um par de miúdas magras e sardentas que tinham em manha e expediente tudo que lhes faltava a eles.

A Renata era do Armando e a Natacha do Amílcar, em teoria, mas nelas, como numa soma trivial, a ordem dos factores era arbitrária.

Os rapazes pediram à Mãe que as deixasse pernoitar na Garagem enquanto gozavam a licença e, apesar dos meus protestos, a Venância lá condescendeu para mal dos meus pecados:

– Podem. Mas prendam um malmequer ao peito de uma delas para a gente as distinguir. Credo: ainda parecem mais iguais que estes dois, que aflição!

Claro que sobrou para mim: fui obrigado a retirar as minhas coisas da Garagem e passei a dormir no quarto dos Gémeos, no chão.

Era impossível distingui-las porque eram exímias a baralhar

as pessoas, trocando de malmequer sempre que queriam, também, variar de namorado.

Os Gémeos beijavam uma e outra indiscriminadamente, sem notarem nada, e mesmo quando desconfiavam de tramóia elas trocavam-lhes as voltas com truques tão convincentes, que nem eu, apesar de as vigiar com um olho de charadista, as consegui alguma vez desmascarar.

Eram tramadas.

Os Gémeos comiam e dormiam como nababos, andavam com boas cores e levantavam a mesa sem refilar, pela primeira vez na vida, enquanto as meninas iludiam a Anã com prestidigitações maquiavélicas.

– Apanhei-te! – chispava esta, filando uma. – Tu não és a Renata, porque a Renata tem uma ferida no joelho!

– Não sou a Renata? – gritava a Natacha para a irmã ouvir. Tens mesmo a certeza de que não sou a Renata?

E, como a verdadeira Renata chegava nesse momento e se deitava na rede, rindo e rebolando com a irmã, repetindo a pergunta da Natacha:

– Tens mesmo a certeza de que não sou?

A Anã, exasperada, desistia, e as catatutas rompiam a rir tão convulsivamente que acabavam, invariavelmente, a bater nas costas uma da outra.

Por vezes, entretinham-se a seduzir o Mais Velho, torturando-o com propostas indecentes:

– Dá-me um beijinho!

– Anda lá, não te arrependes...!

– Queres qual?

– A mim?

– Ou a mim?

– Ou antes a mim?

Por vezes, era uma única a representar este papel polifônico, escondida atrás da cortina, e, como eram giras que se fartavam, o Mais Velho entortava os olhos e prevenia os Gémeos:

– Ó pá, porra, vocês tirem-nas da frente ou não respondo por mim!

Mas os Gémeos, bem assistidos, tornavam-se magnânimos:

– Se quiseres, é só servires-te...

Foi o que o outro quis ouvir.

Passou a visitá-las na Garagem, durante a noite, com os Gémeos a ressonarem ao meu lado, mas elas faziam-no pagar caro a extravagância; retaliavam-no à frente da Mãe, ao pequeno-almoço:

– Ai, ai!...

– Ontem, dormi tão bem!

– E eu também, coincidência!

– E sabes porquê?

– Porque um duende nos visitou.

– Sim... um duende grande!

– Enorme!

– Com barba por fazer...

–... e a cheirar...

–... a cebola?

–... a curral?

–... a enxofre?

Só se calavam quando o tipo batia com o cabo da faca na mesa, já com tiques, e as ameaçava:

– Se me chateiam muito, dou-vos uma murraça que vos viro!

E a Venância sem perceber patavina:

– Um duende? O que é um duende, filho? – E sem o deixar responder, incomodada: – Ai, credo, tu não me digas: vai lá ver à Garagem se não serão caracóis, coitadinhas...

E pronto, recomeçava a galhofa.

Olha, mal se aperceberam que o Segundo era um tipo frágil e vulnerável, não descansaram enquanto não o conspurcaram com uma noite depravada.

No dia seguinte, vendo-o inchado com a recordação da sua virilidade resgatada, confidenciaram à Anã:

– Ontem, o teu irmão deitou-se com um homem...

– Com um homem? – espantou-se ela.

– Com um homem, sim – dizia a Renata. – Ainda ninguém te disse que existem?

– Vai lá, anda! Pergunta-lhe se não é verdade. – incitava a Natacha, empurrando-a.

E quando a Anã, envenenada, se resolveu a sondar subtilmente o Segundo, o gajo perseguiu-as pela casa fora, ameaçando-as com o cinto do roupão:

– Vocês ainda são mais reles do que as ratas que aqui vivem!

E eram.

Ao fim de quinze dias, num domingo, a uma hora em que se pensou que elas dormiam, o Pai avisou os Gémeos com um expressão inapelável:

– As vossas amigas saem hoje mesmo daqui porque não se comportam como senhoras!

Mas como, por azar, elas entraram naquele momento e escutaram a sentença, a Renata improvisou:

– Éramos senhoras, sim, doutor Teodoro; mas só até o conhecermos. Foi o senhor quem nos desnaturou com asa suas falinhas mansas e os seus olhares glutões!

Abandonaram a casa nesse mesmo dia, sem a Mãe topar porquê, para variar:

– Gostei muito de vocês. São muito queridas e muito boazinhas. Queira Deus que os meus filhos as possam honrar sempre.

E, depois de quatro beijos estrepitosos, fez-lhes uma cruzinha na testa e disse-lhes "vão com Deus".

É o vais.

Ainda tentaram convencer-me a fugir com elas às escondidas da Família, prometendo-me orgias peregrinas, mas tive pena delas e perguntei-lhes:

– Os vossos pais, onde estão?

– Não temos pais – responderam.

– O quê, perderam os dois? – espantei-me eu. – Tão novinhas?

E os olhos de uma delas cintilaram:

– Quer dizer, tínhamos pai e mãe...

– Mas...

– Como a nossa mãe tinha ciúmes do nosso pai...

–... por causa de nós...

–... assassinámos os dois!

E lá partiram na carreira, esbodegadas a rir, dizendo adeus com a língua de fora colada ao vidro da camioneta. E alternando:

– Com um revólver!

– À punhalada!

E riam ainda, ao dobrar a esquina, vingadas pela hilariante antevisão do efeito da sua última diatribe: um recado deixado sobre a almofada do Pai, juntamente com a flor que, afinal, nunca servira para as distinguir:

Doutor Teodoro:

Os seus filhos são um atraso de vida.
O Mais Velho é bruto como as casas,
o Segundo, antes fosse,
os Gémeos não sabem que a Terra é redonda,

e o Escritor deve ser maricas, de certeza.
Mas pode dizer à sua mulher que de si
gostamos muito
e que achámos muito gostosa
essa cicatriz que o senhor tem na perna
(ou na virilha?) em forma de constelação.

P.S. – Adivinhe qual de nós escreveu este bilhete...

Quis o destino que fosse a Mãe a descobri-lo, nesse mesmo dia, ao fazer a cama de lavado:

– Que patuscas que estas meninas eram, não eram? Vê lá tu, deixaram aqui a flor e este papel para nós... Não mo queres ler?

O marido lá se dispôs, desconfiado, mas quando, num relance, lhes topou a intenção, apressou-se a improvisar num corrupio:

Senhora Venância:

Gostámos muito da estadia
em sua casa e do arroz-doce que nos fez.
Aqui fica o malmequer,
para secar num dos livros do seu marido
e nunca mais se esquecer de nós!

Obrigado por tudo e mil beijinhos
da Renata e da Natacha.

A Mãe fungou, comovida com "a atenção das cachopas", e, nove meses depois, os Gémeos viriam a ter notícias delas num postal pornográfico:

Os vossos filhos nasceram ontem com seis quilos cada um.
Parabéns! O meu parece-se contigo e o meu também contigo.
E fazem lembrar os tios e o avô...

Era a reinar, claro, mas o mais extraordinário é que esta história endiabrada das miúdas, sem outras conseqüências de maior para além do amadurecimento dos Gémeos, não passou de um aperitivo comparada com a circunstância de verdadeira ambigüidade que a Família viria a experimentar a breve trecho.

És parvo: claro que estive com ela mais vezes.

Muitas até: na Garagem, no Duche, no Quintal, no jardim do coreto, num pinhal aqui perto, na cama dos Gémeos, sozinho na minha, vestida ou despida, em silêncio ou não, a lembrar-lhe os gestos, de noite e de dia, dentro do meu peito.

Mas não me fales nisso ou começo a chorar.

É que foram as primeiras vezes que me senti feliz, e isso marca um gajo.

E quando ela cantava para mim, pá?

Te acuerdas de ayer
era tan normal
la vida era vida
y el amor no era paz
y que extraño
ahora me siento diferente
pienso que todavia
quedan tantas cosas para dar[1]

Por causa disto, passei eu dias inteiros enfiado nas lojas de discos, com o coração a bater, até encontrar uma canção que lhe

1. Canção de Mercedes Sosa.

respondesse à letra. Ao fim de horas e horas de buscas desaustinadas – só quem já se apaixonou percebe o alvoroço –, encontrei esta letra espantosa que lhe ofereci:

Yo no quiero un amor civilizado
con recibos y escena del sofá;
yo no quiero que viajes al pasado
y vuelvas del mercado
con ganas de llorar.
Yo no quiero vecinas con pucheros;
yo no quiero sembrar ni compartir;
yo no quiero catorce de febrero
ni cumpleaños feliz.

Yo no quiero cargar con tus maletas;
yo no quiero que elijas mi champú;
yo no quiero mudarme de planeta,
cortarme la coleta,
brindar a tu salud.
Yo no quiero domingos por la tarde;
yo no quiero columpio en el jardín;
lo que yo quiero, corazón cobarde,
es que mueras por mí.

Y morirme contigo si te matas,
y matarme contigo si te mueres.
Porque el amor cuando no muere mata,
porque amores que matan nunca mueren.

Yo no quiero juntar para mañana;
no me pidas llegar a fin de mes;
yo no quiero comerme una manzana

dos veces por semana
sin ganas de comer.

Yo no quiero calor de invernadero;
yo no quiero besar tu cicatriz;
yo no quiero Paris con aguacero
ni Venecia sin ti.

No me esperes a las doce en el juzgado;
no me digas "volvamos a empezar";
yo no quiero ni libre ni ocupado,
ni carne ni pecado,
ni orgullo ni piedad.
Yo no quiero saber porque lo hiciste;
yo no quiero contigo ni sin ti;
Lo que yo quiero, muchacha de ojos tristes,
es que mueras por mí.

Y morirme...[2]

Escuta: chorou agarrada a mim durante mais de uma hora.

A pouco e pouco foi-me contando a sua vida, e foi por ela que fiquei a conhecer as mulheres.

Não, não têm regra.

Segundo a Cuba, podem gostar de um homem *guapo o feo*, alto ou baixo, inteligente ou limitado, falhado ou vencedor, pobre ou rico, bruto ou delicado; da única coisa que precisam é de protecção, um ou dois beijos diários na testa, demorados, e a convicção de que são únicas.

De resto, são generosas e cuidam de nós até à arrastadeira.

2. Letra e música de Joaquin Sabina.

Claro, não é assim tão simples; têm coisas parecidas com as nossas: podem estar bem e não lhes faltar nada – ternura, dinheiro, compreensão – e de repente passar-lhes uma pela cabeça e olharem para outro gajo.

Mas sabes quando, exactamente quando?

Quando chamamos "insegurança" às dúvidas que lhes criamos "desequilíbrio" à sua revolta, "dependência" à sua entrega absoluta e "carência" ao amor desmedido que a malta lhes exige, juntamente com vocação para o ferro e imaginação culinária.

Aí, sim, tornamo-las megeras; aí, talvez, as tornemos rameiras.

Nós, pá?

Não brinques comigo, nós somos toda esta batota que aqui vês: um tipo com muitas gajas tem sucesso; uma mulher com mais que um homem tem um nome.

Esse.

E mais, enquanto nós prevaricamos, prazenteiros, com a retaguarda segura a tornar mais saborosa a transgressão, elas, se por acaso se atreverem a trair-nos, pendem-nos desculpa a deitar sangue do nariz.

Bom, tudo muito bonito, até o Mais Velho descobrir tudo.

Sim, também ele a amava perdidamente, à sua maneira, e reconheço que aquilo para o tipo foi um choque.

Calma.

Uma vez soubemos que a manhã seguinte ficaria por nossa conta.

O Segundo estava de banco, os Netos já na escola e os Gémeos a ressonar àquela hora.

Os velhos iam ao mercado e levavam a Anã, e do gajo nem nos lembrámos porque saía de madrugada.

Nessa manhã acordei cedo com a Cuba a cantar no Duche, e

fiquei a esperá-la na *Marquise* a salivar como um puto diante dum chupa-chupa.

Foi então que a vi sair da casa de banho, formidável, com o corpo ainda perlado de gotinhas, e tive que me dobrar para amortecer o choque elétrico de um vislumbre incendiário: quando levantou os braços para travar o turbante de turco, na cabeça, vi que não estava depilada nas axilas e aquilo excitou-me.

Às vezes, é quanto basta: fui ao encontro dela e apertei-a com força, nos meus braços, e ela deixou cair a toalha logo ali.

A vida a imitar o cinema, estás a ver?

Enfim. Uma coisa tão animal e desvairada que só quando acabou ouvimos a voz do tipo:

– Importam-se que eu veja?

O susto foi tal que comecei a vestir o pijama do avesso, completamente à rasca, talvez por não esperar de um básico como ele uma reacção tão sofisticada.

Cheirou-me a esturro.

Sim, depois soubemos: tinha partido a correia da ventoinha no trajecto e voltava a casa para buscar a ferramenta.

A Cuba ficou completamente nua na *Marquise*, paralisada, de costas bem direitas, enquanto eu balbuciava, apatetado:

– Desculpa lá o mau jeito, pá! São coisas que acontecem...

Talvez. Mas dissesse eu o que dissesse já não adiantava:

– Espera lá, espera lá, como é que disseste? – dizia o gajo. E depois do primeiro pontapé: – "Coisas que acontecem", é? Então, filho, levanta-me lá essas coxinhas de frango e diz-me lá se isto também são "coisas que acontecem".

Adivinhaste.

Levei o maior enxerto da minha vida, com chutes na cara e socos na barriga, e via através do sangue a Cuba de joelhos, suplicando:

– ¡Para con eso, bruto! ¡Ten compasión de mis hijos que van a llegar para el almuerzo de aquí a nada! ¡Que quieres, hombre? Respóndeme, si tienes cojones: ¿Defender a tu hermana o acostarte comigo?

O tipo fingiu que não ouviu, entretido que estava a desancar-me, e ela, para evitar um linchamento, teve uma reacção estranhíssima: saltou para cima da mesa como a agilidade de um gato, e, para lhes desviar as atenções, começou a cantar isto:

¡Los hombres portugueses son unos medrosos!
¡Qué cobardes sois vosotros, los portugueses!
¿Sabes lo que hacen en mi tierra, fanfarrón,
cuando uno pierde la mujer para otro hombre?
¡Se reconoce la supereoridad del opositor
y se le felicita con gallardía!

E o refrão a enlouquecê-lo:

¡Muy bien, muy bien, muy bien!
Ni mismo yo lo haría hecho mejor!

Salvou-me a aparição da Anã, abençoada, que felizmente chegava ali antes dos pais:

– Mas o que vem a ser isto? Um ensaio da Carmen?

O Mais Velho amainou com a sua chegada imprevista e desmoronou-se no sofá, apalermado:

– Não tinhas o direito, não tinhas o direito... – dizia, abanando a cabeça.

Eu cá estava feito num oito, mas arrisquei a vida:

– De quê? De chegar antes de ti?

E é aqui que ele encolhe os ombros para me apunhalar com esta:

– Chegamos todos, pá...!

E rodando a faca no meu peito, bem cravada:

– Também, tanto estudo, tanto estudo para não veres um boi à frente?

Acabou desta maneira espantosa.

Recolhi à Garagem a seguir, cambaleando, no estado em que imaginas, e só depois de desabar na cama desatei a soluçar.

Pois, é natural.

Os meus pais longe, a Cuba nua na *Marquise*, os ossos a estalarem-me um a um, o coração partido ao meio.

E não só.

Também a pena que me fez apanhar uma sova na primeira vez que fiz amor.

Já sabia que ias perguntar.

Não te disse logo, por vergonha, mas da primeira vez que te contei estava tão excitado que engravidei o lençol.

Quando muito.

E mais, tinha estado doze vezes com ela, apontadas nesta agenda que guardei, mas foi sempre tudo tão ardente que me adiantei.

Até fez verso.

Só sei que fiquei ali, sem reacção, não sei quantas horas, pelo menos até o Segundo entrar por ali dentro, devagarinho, e sentar-se na minha cama para me dar a mão.

Não, não retirei a minha.

Fiquei meio encabulado, porque a situação era bizarra, mas foi um gesto tão bonito que só se fosse uma besta.

E o parvo era eu, percebes?

Depois do Segundo entrou a Cuba, já vestida, para me tocar no cabelo e desandar a seguir – não sei, fechei os olhos, não quis vê-la – e depois dela o carrasco, que não achou nada melhor do que se sentar entre nós e abancar também na cama.

Continuei sentado, sem dizer palavra, a estancar o sangue de uma orelha, até que o tipo, opresso pelo silêncio, lá articulou:

– Como é que tu dizias, pá?

E num esgar tão penitente que metia dó:

– Os miolos valem mais do que os músculos, não era?

Mas como nem o Segundo nem eu lhe respondemos, estendeu os braços para nos juntar as cabeças e pediu desculpa assim:

– Eu também concordei, lembras-te? Mas, como sou bruto como as casas, olha, varreu-se-me!

O que é que eu podia ter feito, pá?

A malta tem de aceitar o perdão dos outros, mesmo a deitar sangue dos ouvidos, e quando se aprende isso estamos feitos.

Exactamente: mergulhou a cabeça no meu ombro, sem saber o que dizer, e depois do Segundo se retirar discretamente chorámos ambos, abraçados, a traição da Cuba.

Dispersámos quando a Mãe chegou da rua com um peru vivo nas mãos, descomunal, e o Segundo lhe perguntou, admirado:

– E para que quer isso, não me diz?

– É para o Natal!

– Mas, estamos em Fevereiro...!

– Ó filho, valha-me Deus, tu também quando te dá para implicar!

CAPÍTULO VI

Agora talvez percebas.

Quando soube que ela tinha estado com o Mais Velho, antes de mim, custava-me encará-los.

Precisamente, de cada vez que um deles a abordava, nem que fosse para lhe pedir o Galheteiro, eu detectava uma senha qualquer que me excluía e me punha em brasa.

Não, não tinha dúvidas; vi coisas que não disse a ninguém, mas entravam pelos olhos adentro.

Um a sair do quarto dela, outro a choramingar nos seus braços, resumindo: o tormento foi tal que, ao fim de um mês de cólicas, insónias e delírios transpirados, fui obrigado a sair dali e a hospedar-me na pensão, não fosse fazer alguma asneira.

Sim, sim, tudo me passou pela cabeça: matar-me, matá-la, matá-los um a um.

Ou por outra ordem.

Levei semanas sem comer, emborcando aguardente, arranjando coragem para me atirar da ponte ou da janela do quarto.

E a ganhar respeito ao Covas, só te digo: para mim, ou era a janela que era baixa ou a ponte alta de mais para me garantir brevidade.

Não te rias, pá!

Quando me abriu a porta passados dois meses, ao ver o

sujeito barbudo e mal-amanhado em que me tinha tornado, a Mãe limpou as mãos ao avental e apontou:

– O quadro é na cozinha.

E só quando me reconheceu abriu os braços para os fechar nas minhas costas.

– Filho. Não me voltes a fazer isto que eu não duro muito.

Chorei agarrado a ela, feito parvo, e só quando me desprendi ela contou:

– A Cuba está doente, ninguém sabe o que tem.

As mulheres são lixadas.

– Com quê?

– Não sabemos – disse. – Já não canta, já não sai à noite e deita-se tão cedo que o Pai mal a vê.

– Então não é doença – deduzi, a coçar um olho.

– É o quê, então?

Remorsos, pensei; mas não disse nada.

Ridículo, não é? Depois de tudo o que penei por causa dela, ainda conseguia descortinar na sua moléstia motivos para me esperançar.

Nem sei bem de quê. Passou-me pela cabeça que ainda pudesse gostar de mim, e sofresse com isso, ou então que tivesse passado a gostar depois de eu me ir embora.

Quando cheguei ao Quintal foi uma festa.

Mal me avistaram, o Cristobal, o Pablo, o Benito e o Teo treparam por mim acima, transformando o meu nome em palavra de ordem:

– O-Es-cri-tor! O-Es-cri-tor!

Impossível não desatar a rir ante um acolhimento daqueles.

É, os putos têm isso de giro.

Como não se apercebem logo da nossa tristeza, exigem-nos bom humor; nessa altura, a malta corresponde, para não os desconsolar, mas a verdade é que passado pouco tempo fica-se mesmo animado.

Saber, não sei.

Talvez porque ninguém agüente ver-se ao espelho no olhar decepcionado de um garoto.

É claro que cinco minutos depois tinha os quatro em cima de mim, aos gritos, a fazerem-me cócegas, e foi preciso a Mãe dizer "Não me assustem a Sirigaita, pelas almas, que esta semana não anda muito católica", para o rancho desmontar.

Mas o melhor de tudo foi a Anã – já te contei? – que, estendida entre as nespereiras, pousou o Stendhal na rede para me atingir no miocárdio:

– Vou casar com o Visconde, a Mãe já te contou?

– Quando? – perguntei, aparvalhado.

– Para o mês que vem!

– Não posso acreditar – disse eu. – Mas que idade tens tu?

– A suficiente.

E levantou-se para me abraçar.

– Estás alta e bonita... – reparei.

E ela logo, implacável, passando os olhos por mim:

– Lamento não poder dizer o mesmo.

É, o raio da miúda fazia-me rir, e o pior era que eu gostava daquela casa – no fundo era a minha, percebes?

Não, esses não estavam: o Segundo estava de banco e os Gémeos na recruta, já quase a terminar.

Mas estavam os outros dois.

Cerrei os punhas antes de os saudar, mas a reacção dos tipos foi tão sã que me desarmou.

O Pai, que amuara quando me viu partir, fungou no lenço, e o Mais Velho grunhiu um dos seus mimos:

– Poça, pá! Ainda não foi desta que me vi livre de ti?

A Cuba vi, mas mais tarde.

Trabalhava agora fora, lavando escadas.

Estava diferente, inchada dos calmantes, mas o gelo foi tal que me deixei de fantasias.

– Olá, Cuba!

– Hola! ¿Qué tal?

E com a cabeça noutro sítio:

– Si vienes a comer, voy freír las chuletas...

– A Mãe disse-me que estavas doente.

– Tu madre tiene que acostumbrarse a pensar en su salud en vez de preocuparse con la de los demás...

Além disso, sabes como é, quando nos traem, pensamos sempre que é porque não nos amam.

Nisso somos femininos, já reparaste?

O Segundo a querer imenso desabafar, e eu sem paciência nenhuma:

– Diz lá então.

Pensei que me vinha outra vez martirizar com aquela de gostar de mim, mas não; era pior:

– Sabes? Falei com a Cuba...

– Não quero falar disso.

– Ela ama-te!

– E depois?

– E depois nada.

Porque será que as nossas ilusões, na boca dos outros, nos devolvem sempre uma imagem de patetas?

– Como é que sabes?

– Não sou estúpido.

Não, estúpido não seria; mas não era isso que estava em causa:

– Então, o que é que sabes?

– Tudo – disse ele. – Até o que não suspeitas...

Estava sem coração para charadas.

– Estiveste com ela, foi?

– Com ela estivemos todos.

E levantando o mindinho:

– Mas não como tu pensas!

Repugnado, nem ouvi:

– O Pai também?

– O Pai, acho que não – riu-se ele.

– E então? O que é que me querias dizer que eu tenho mais que fazer?

– Que não deves estar zangado com ela, porque é de ti que ela gosta!

– Já disseste isso.

– Ouve – crispou-se ele. – O Mais Velho não a largava e foi tão insistente que ela condescendeu uma vez.

– Em quê?

– Num beijo!

Senti uma impressão no estômago:

– Que história mais romântica, estou todo arrepiado...

– Um beijo é um beijo, pá, o que é que tem? – perguntou, feito parvinho.

– E o que é que um beijo não tem, já pensaste?

– Importância?

– Não me lixes, pá! E quem te garante a ti que foi só isso?

– O quê?

– Um beijo, porra!

E o tipo a amuar, todo menina:

– Pronto, se quiseres não acredites.

Mas eu a cair naquilo:

– Só mesmo um beijo?

– Só mesmo um beijo!

– Tens a certeza?

– Absoluta!

– E onde é que ele a beijou exactamente?

Merda, pá, tanto livro para isto!

– Não respondas – cortei a tempo. – Mas se fosse só um beijo ela tinha-me contado!

– Tu não a deixaste falar...!

– Mas o Mais Velho usou a expressão "chegar primeiro", ou não te lembras?

– A expressão foi tua!

– Mas ele deu a entender que...

– Para te picar!

Se era verdade, alguém tinha que pagar:

– E contigo como é que foi, hem? Tão amigos, tão amigos...

– É verdade. Só mesmo amigos e tu sabe-lo melhor do que ninguém.

"Tu sabe-lo", dizia o gajo.

Fiquei à espera, paciente, a olhar para o relógio. Até ao tipo desembuchar:

– Dormi na cama dela, é verdade, mas não aconteceu nada.

– Pois – disse eu.

– Devo lembrar-te que nunca assumiste qualquer compromisso moral com a Cuba?

"Devo lembrar-te que nunca assumiste qualquer compromisso moral com a Cuba?" – Ó pá, que falta de pachorra!

– É verdade, por isso não te pedi satisfações.

– Mas desapareceste quando ela quis dar-tas!

– Outras vez? Só sabes dizer isso?

– É importante. Ou não achas?

– Caraças! – explodi. – Eu vi-te a sair do quarto dela!

E descontrolado:

– Eu vi-te a sair do quarto dela! Eu ouvi o que ouvi, da boca do Mais Velho! Eu vi os Gémeos, eu vi o pai, ela dava troco a todos, isso não podes tu negar!

– Viste o Pai a fazer o quê?

Merda, o gajo era filho dele.

– Pronto, ficas a saber. Mas nunca te esqueças que foste tu que pediste...

– Viste o Pai a fazer o quê? – insistiu.

– Ouve, apanhei o teu pai num pranto, todo agarrado a ela...

– E então?

– E, então, ainda perguntas? Há dois anos que aqui vivo e nunca vi o senhor naquele estado!

Coçou a cabeça, ajeitou a melena:

– Espera, quando é que foi isso?

– Sei lá eu quando é que foi!

Chagou-me tanto que me esforcei:

– Não sei. Talvez quando o puto adoeceu!

– É isso! – gritou ele. E com uma expressão jubilosa: – Estava a rezar por ele!

Inacreditável.

– Não me lixes, pá! O Deus do teu pai é ele próprio!

– Mas a Cuba converteu-o!

Fechei os olhos, contei até vinte:

– Ó pá, a conversa acabou aqui, faço-me entender?

Mas, qual quê? Era eu a tentar esquecer, e o tipo a seviciar-me:

– Sabes como é que é, deitei-me na cama dela para a ajudar a pintar as unhas da mão direita... – E, a Leste do meu martírio: – Quase nenhum homem sabe disto, mas explico-te: a mão direita é sempre mais difícil de pintar porque é pintada com a esquerda, percebes? É a que elas mais borram, por causa da posição. Quer dizer, as que não são canhotas...

Em resumo, a seguir ao verniz viera o disco, com ele uma canção "tão bonita que até tu achavas", e, finalmente, tinha adormecido profundamente embalado pelos acordes virtuosos de um pintassilgo qualquer.

– Ah foi? Estou quase a chorar...

– Acredita, pá, eu amava-a de mais para a desrespeitar!

Ouve: a frase irritou-me tanto que, para me defender, acabei por o ilibar completamente:

– Dormir com uma mulher não é desrespeitá-la!

– Pode ser e pode não ser... – insinuou.

Já farto, segui em frente:

– E os Gémeos? Havia necessidade?

Aí o tipo chocou-se:

– Mas, serás bom da cabeça? Os Gémeos dormiram no quarto dela, é verdade, mas no dia em que ela dormiu com a Anã para lhe fazer as trancinhas!

E embalando outra vez:

– Estás a ver aquelas trancinhas que só as pretas sabem fazer, todas seguidas, muito certinhas, muito fininhas, tão giras, quer dizer, tanto as pretas como os pretos, eu pelo menos já vi, sabe onde é que se vê muito? Na América! Então em cantores *rock* não se fala...

– CALA-TE!!! – rebentei eu. – A que propósito vem agora a chiça da merda da porra das tranças dos pretos?

E incrédulo:

– Ouve, vens para aqui para me gozar, é? Queres que te rebente as trombas, é isso? Vê lá se não queres que eu te rebente as trombas...!

– Não – respondeu ele. – Queria era acabar com as tuas!

E rebarbativo:

– É que a partir daquela noite passaste a desconfiar de toda a gente!

Já ia em cento e vinte, voltei a perguntar:

– Então, se é como tu dizes, porque é que ela não chegou ao pé de mim para me contar a verdade?

– Porque, quando tentou esclarecer-te, já te tinhas pirado de casa, gaita!

"Gaita", dito por ele, era uma coisa obscena.

– Ouve lá, ó rapaz! – disse-lhe eu, rebobinando... – Tu não tens de me dar satisfações. Mas hás-de reconhecer que a Cuba foi um bocado promíscua no meio disto tudo, ou não achas?

– A Cuba não foi promíscua – indignou-se ele. – Podem viver-se trezentas relações ao mesmo tempo sem nunca se ser promíscuo!

Não sei onde.

Olha, só sei que depois de o tipo sair dali, renunciante, e de, nessa mesma tarde, ter confirmado com a Anã o álibi das trancinhas, fiquei horas e horas especado na cama, a sentir-me completamente atrasado mental e a interrogar o sabugo destas que aqui vês:

– Então os Gémeos não dormiram com ela? Então o Mais Velho só lhe deu um beijo? Então o Segundo nunca lhe tocou? Então o Pai não chegou a fazer nada?

Quer dizer:

– Toda aquela cabritice que atribuí à Cuba inventei-a eu?

Pior, todo aquele álcool que emborquei e me abriu a úlcera tinha sido para esquecer o quê?

Ó pá, como é que ela alguma vez me ia perdoar tanta cretinice?

Não és só tu, ninguém percebeu.

Como é que uma cabeça como a Anã, com os clássicos lidos aos quinze aninhos – das colectâneas chinesas do primeiro milénio antes de Cristo até ao Joyce, cujo *Ulisses* lera ainda impúbere –, se imaginava a viver com um *dandy* daqueles!

Não era mau tipo, talvez, mas cheirava a sabonete Tabac, jogava golfe com calças de quadrados e tratava-a por "menina", enquanto ela, apesar de rara, era de uma sensualidade animal e cativa de paixões, como todos, aliás, naquela casa.

E o Visconde tinha dinheiro, pergaminhos, inglês escrito e falado, não digo que não – força na verga, duvido.

Não por ser levezinho, como o Segundo, mas, quase que aposto, era um homem de salão e não de cama.

E até o Pai, que nem era desconfiado, chegou a pensar que a gaja se casava por dinheiro.

De tal forma que um dia lhe lança a rede, citando a Bíblia:

– *Calca a teus pés a serpente ominosa*!

Mas como a Anã disfarçava, indiferente a todas as insinuações, o Teodoro passou a provocá-la no "idioma de comunicação entre os sábios", para mais ninguém entender.

É verdade.

A única prosápia do Pai era, aliás, ser ainda parente afastado do Manuel Álvares, jesuíta do século XVI, por cuja gramática toda a Europa aprendeu latim durante mais de dois séculos.

Sei lá!

Coisas que ia buscar ao Gênesis, ao Virgílio ou ao Ovídio, e que ela cilindrava imediatamente com César, os escolásticos medievos ou a própria Eneida.

Juro-te, com um sorriso desdenhoso e ainda melhor pronúncia.

Olha, um dos duelos foi tão memorável que me ficou na cabeça:

– *Fiat lux*![1]

– *Alea jacta est*[2]...

– *Aquila non capit muscas*![3]

– *De gustibus et coloribus non disputandum*[4]...

– *Auri sacra fames*![5]

– *Finis coronat opus*[6]...

– *Ignoti nulla cupido*!!!![7]

E por aí adiante, sem se calarem, sendo ela invariavelmente a encerrar a conversa, lapidar:

– *Ab uno disce omnes*![8]

A Mãe ficava uma pilha de nervos e virava-se ao velho:

– Cala-te lá, homem! Acaba lá com essa língua de trapos ou o Chifrudo ainda te escuta!

Mas naquele dia surpreendeu toda a gente:

1. Faça-se luz!
2. A sorte está lançada...
3. A águia não apanha moscas!
4. Sobre cores e gostos não se discute...
5. Execrável fome do ouro!
6. O fim coroa a obra...
7. Não se deseja o que não se conhece!!!!
8. Por um, se conhecem os outros!

– Até parece impossível! Pois se a menina gosta mesmo do rapaz, para que é que hás-de estar sempre a atazaná-la?

O Pai ficou banzado:

– Mas, espera aí, desde quando é que percebes latim?

– Ora – dizia ela –, percebo-te a ti.

E, encolhendo os ombros:

– Vai dar no mesmo.

Não. A menos que a literatura romântica francesa que andava a ler a tivesse contagiado, nunca ninguém percebeu o que Anã via nele, era uma incógnita.

Mas como agora se interessava por política, sobretudo pelas variações da soviética, passou-nos pela cabeça que tivesse resolvido casar com o Visconde, com um único propósito: enxovalhar a classe.

Mas não. Nenhum filho do Pai era capaz de ser tão cínico.

Nem a Anã, te garanto.

Foi a última grande festa de Lisboa, antes da Revolução.

Voarem reis e *sheiks* do estrangeiro e o padrinho foi o herdeiro da coroa.

Em carne e osso.

A viscondessa não gostava de Anã, já se previa, mas, quando percebeu que não conseguia dissuadir o filho de uma escolha morganática, depois de ataques de histeria e de chantagens espumadas, de lâmina em riste, optou por um pragmatismo em grande estilo.

Quinze dias antes do casório entraram-nos pelo Quintal adentro seis homens carregando embrulhos, contendo indumentárias completas para cada um dos membros da Família e acompanhados de um cartão tão manhoso que metia nojo:

Venância:

Agora que a Odete Firmina e o José Maria vão ser marido e mulher, deixe-me demonstrar-lhe desta forma simples o quanto me alegrou a escolha do meu filho.

A vossa filha é muito esperta e certamente enobrecerá o nosso sangue.

Esta última parte devia ser sincera, porque "enobrecerá" vinha escrito com dois esses.

No fim, vinha a assinatura da gaja, a quem as amigas chamavam Gu, extensa e monótona como uma ladainha:

Aldegundes Mafalda Jerónima Adelaide Cândida de Pamplona Telles de Serzedelo e Pina Vale Passos de Gusmão e Ribafria Antunes
VISCONDESSA DA FREIRIA

Coitado do Antunes, não voltei a conhecer consorte com tanto azar, mesmo depois de morto.

A princípio, certamente incomodada com a ideia de se sentar à nossa mesa para comer rojões, a velha ainda se ofereceu para fazer a festa do pedido no solar; mas a simples antevisão de misturar connosco a sua gente deve tê-la horrorizado tanto que desmarcou no próprio dia, alegando "subida de glicemia".

Por acaso tive pena do Pai e da Mãe nessa noite, todos aperaltados, ele com uma gravata de jibóia morta à chapada, ela de blusa de musselina estampada, de tons tão berrantes que iluminavam parcialmente o Quintal.

Mas juro-te, quando o telefone tocou para anunciar o chilique da viscondessa, suspirei de alívio.

Os pais, cuja alma jamais albergara um sentimento menor, ter-se-iam divertido com certeza; mas o Segundo e eu, que aprendêramos na pele a decifrar os códigos opressores daquela malta, sabíamos de antemão que chegaríamos ao fim do jantar com gases.

O mais engraçado era que a Anã parecia feliz, sobretudo quando abriu a porta da rua e um estafeta fardado lhe entregava um ramo de rosas brancas.

– Caramba – dizia ela, com os olhos brilhantes e a mão chapada no peito para o coração não saltar. – Nem a marquesa de Merteuil, antes do enxovalho na ópera!

Durante os preparativos da boda cruzaram o bairro os rumores mais fabulosos: o presente da mãe do noivo para a Anã seria uma tiara cravejada de esmeraldas originalmente destinada a uma das míticas irmãs de Vitória, rainha de Inglaterra, que esta mandara encarcerar e que travara, da prisão, uma correspondência secreta com a tetravô do Visconde; a florista que fornecera as grinaldas para a capela, já sinalizara um Lamborghini; e, para não te maçar mais, as *cloches* em que serviriam os quentes, durante o almoço, eram de platina maciça dos Urais, pilhadas pelo Junot durante a ocupação de Lisboa, expropriadas por sua vez pelo Wellington em pessoa, a seguir a Waterloo, e, finalmente resgatadas por um antepassado do Visconde, embaixador de Londres, que entrou a galope na sala de jantar da duquesa e abichou a baixela, sem desmontar do cavalo.

Enfim.

Sei que era o dia a aproximar-se, e a Mãe com uma veleidade pungente.

Nem me lembres, pá!

Um dia, sem nos consultar, tomou a iniciativa de falar directamente à viscondessa:

– Como está a comadre, boazinha? – o Segundo teve uma quebra de tensão, imediata. – Eu estou bem, graças a Deus, o pior é a vesícula. Já fui mais nova que isto, já se sabe, mas botaram-me um pacemã aqui no alternador que sempre vai ajudando. Também, não se pode dar muita confiança à carcaça, ou ela abusa de nós, já experimentou? Pois então era para isto e não a empato mais, que deve andar num afã: a Dona Gugu até agora destinou tudo, e eu até já estava para lhe agradecer há muito tempo porque a gente não temos condição e não é vergonha nenhuma. Vergonha não é dever, já dizia a minha mãe, vergonha é não pagar, e tenho agora o meu homem a modos que reformado e não se faz troça, porque também lá chegaremos. Mas há uma coisa que cismei e terá mesmo que ser, uma promessa à Senhora das Virtudes que é da minha devoção e vou ter mesmo de cumprir, já se sabe, porque nestas coisas de Deus e do Diabo o melhor é a gente não andarmos a provocá-los, não vão os dois zangar-se e um deles resolver entrevar-me por pirraça, e fica-me esta gente toda sem comer, e eu é que sei quem tenho em casa, e Deus sabe que todos os meus gémeos, mal empregadinhos, nem uma laranja abrem sem cortar os dedinhos, e da última vez até fazia aflição, Deus me perdoe, ver um a chupar o outro, não é por serem meus, mas são duas jóias, a comadre há-de conhecê-los e há-de-me dizer o que acha, ó depois é o seguinte: a senhora pode escolher o padre, que eu cá não ligo às caras; mas têm que ser os meus netos a levar à tia as alianças, fica combinado? A senhora percebe, não percebe? Uma alma como a da Dona Gugu, tão religiosa...

Mas, a meio arrazoado, afastou o auscultador do ouvido e ficou a examiná-lo, desconfiada, como se fosse ali que a viscondessa se escondera:

– Está? Está? Está lá?

E preocupada:

– Ó pá, poça, querem ver que lhe trepou outra vez a glicínia?

A cerimônia foi de doidos.

Presidiu ao casamento um dominicano passado dos carretos, irmão da viscondessa, que pronunciou a homilia num tom tão ameaçador que, a pouco e pouco, foi intimidando as pessoas.

Depois de lavar mais de meia hora a denunciar o "relaxamento vergonhoso dos cristãos", usou e abusou das máximas morais do Antigo e do Novo Testamento, vociferando:

– Tu, ó néscio e miserável pecador, como te atreves a conspurcar um lugar de culto com a tua abominável presença?

E escorraçava, espetando o dedo:

– Sai, Satanás! Deixa agora mesmo a casa do Senhor!

Bem, berrou de uma forma tão convincente que dois ou três convidados abandonaram a capela, de consciência pesada.

E continuava, tremendo:

– *Loucos e duros de coração, aqueles que tão profundamente jazem apegados à Terra e que não gostam senão das coisas carnais!*

É aqui que o Mais Velho se começa a sentir atingido e ameaça a meia voz:

– Mais uma destas e não me fico.

Era difícil dissuadi-lo numa capela apinhada, compreendes, porquanto resolvi ficar calado; mas fiz mal. Poderia ter evitado que ele respondesse "Porquê, gostas mais de freiras?" à última exortação:

– "Não tenhas familiaridade com mulheres, mas pede a Deus pelas inclinadas à virtude!"

Coitada da Mãe, ficou à rasca.

Sobretudo quando o próprio Pai se irrita ao ouvir isto:

– *A luz que vem do Céu, pela influência da graça, é muito mais nobre do que aquela que se adquire pelo trabalho e pelo esforço do espírito humano!*

Não, não foi grosseiro; mas rogou do banco ao altar, directamente:

– Dou-lhe um conselho, Senhor Padre: não diga isso à rapaziada nova!

Atravessaram os bancos murmúrios escandalizados, e, pelo frenesi do leque da viscondessa, pudemos avaliar o mau bocado que passou.

Graças a Deus, estava tão entretido a apregoar "Desprezem as criaturas para encontrar o Criador" que o padre não chegou a ouvir o Pai.

Mas com a Anã é que foi.

Fervia de irritação como qualquer de nós, e quando o dominicano a interpelou altíssono "Aceitas o José Maria, visconde da Torre, para teu legítimo esposo?", ela responde-lhe de mão na anca "Desculpe lá: mas desde quando é que lhe dei confiança para me tratar por tu?"

Valeu-nos a chegada dos netos nesse preciso momento para entregar as alianças, todos em fila, mas o efeito que o desfile provocou entre os convivas arrumou de vez com a viscondessa.

Aí, dei-lhe razão.

Atravessaram a coxia gingando, num pequeno número que improvisaram à revelia da Cuba, e, como não estava frio, decidiram à última hora trocar as vestimentas inglesas destinadas pela Gu por blusas de manga à cava de cores foleiras.

Claro que não foi por mal, que novidade – são miúdos e quiseram fazer uma surpresa à tia; mas quando o Teo estendeu as alianças aos noivos, espetadas num ananás, os Gémeos largaram duas gargalhadas tão sonoras que toda a igreja aproveitou o reboque.

Sim, foi a primeira vez que a Aldegundes se sentiu mal, e o mano-padre, longe de a apoiar, aproveitou o alvoroço geral para saldar contas antigas:

– Reconhece que és indigna de consolação divina e merecedora de todas as atribulações!

Espera, não acaba aqui.

Na bicha para a Comunhão, toda a gente estranhou o volume misterioso, disfarçado por um pano, que os Gémeos carregaram pacientemente, até chegar a sua vez de comungar.

O Pai, que vinha atrás, ainda lhes perguntou, de mão em concha:

– O que é que levam aí? Experimentem envergonhar-me outra vez e vão ver o que vos faço!

Mas como a Venância, surpreendendo-os a falar em plena Eucaristia, abriu os olhos aos três, severa, o Pai, acagaçou-se e desistiu de os indagar.

Resultado, no preciso momento em que se preparavam para receber a hóstia consagrada, o Amílcar destapou uma gaiola ferrugenta, e, numa entoação tão aldeã que toda a igreja registrou, o Armando pediu ao sacerdote:

– Desculpe lá o mau jeito, Senhor Padre, mas o seu colega está de férias e a gente não sabemos onde vamos arranjar outro padre tão depressa.

E logo o sósia, esperançoso:

– Ó, Senhor Cônego: não nos podia abençoar aqui estes ratinhos, que são da nossa estimação?

E toda a capela ouviu o mesmo que eu: a Sirigaita, o Senhor Salema e o Maçarico, os três aos guinchos celebrando a luz.

Nessa altura, até o padre recuou para se benzer e, de olhos revirados como um possesso, invocou Deus directamente:

– Meu Deus, meu Senhor, que me criastes à Vossa imagem e semelhança, dai-me a graça da compaixão por estes dois infelizes que zombam da Tua morada! Confesso-Te humildemente não poder resistir à tentação da cólera sem a assistência da Tua graça santíssima, ardentemente infundida no meu coração!

Quem, a Aldegundes?

Só não desfaleceu segunda vez, porque, nessa altura, estava mais preocupada em localizar o sapato do pé direito, forrado na seda do vestido, surripiado pelo Teo, que não achou nada melhor do que aproveitar o primeiro fanico da senhora para rastejar por entre os bancos e lho descalçar.

Indecente, acho que depois o atirou para o tanque do jardim, o que obrigou a viscondessa a coxear até casa para calçar um outro par, tão destoante do vestido que a crucificou socialmente.

O martírio recomeçou depois de ouvir um cochicho dos Gémeos, na cozinha:

– A gaja é boazinha, não é?

– Boazinha, quer dizer...!

– E viste como ela se chega a nós, quando quer miminhos?

– Parece que está com o cio... Foste lá ontem?

– Fui.

– E alguém descobriu?

– Descobriu o Pai e perguntou-me o que é que eu estava ali a fazer.

– E tu?

– Eu perguntei-lhe o mesmo, olha que história!

– Fizeste bem.

– Bolas, pá, desde que ela chegou que anda sempre de roda dela!

– E ainda por cima é ciumento!...

– É. E ainda por cima é ciumento!

– O raio do velho!

– Com aquela idade!

Talvez por isso, quando o Segundo me voltou a azucrinar, – "Sabes? Falei com a Cuba..." –, calei-o com uma mentira eficaz, mas que doeu:

– Já não gosto dela, acabou a conversa, não quero ouvir nem mais uma palavra sobre a Cuba!

– Mas...

– És surdo ou não queres dizer?

Nessa altura odiei-a, confesso, com as forças que me sobravam, e durante um mês recolhi à cama cedo, para expiar o preço de uma credulidade infantil e de um desfecho mais do que previsível.

Só no dia do casamento da Anã, e porque foi ela a pedir-mo, é que tomei banho e fiz a barba.

O quê, não te contei a festa?

Bom, se eu fosse gaja, era possível que ficasse aqui mais de duas horas a falar-te de saias de *chiffon*, chapéus com plumas e alfinetes de pedras – mas não é o meu género.

Ó pá, um casamento de ricos e ponto final parágrafo!

A tiara era bonita, a Anã parecia uma actriz, mas não havia *cloches* nenhumas, e o almoço chegou frio às mesas.

E não só, os doces apareceram só depois de digerirmos as perdizes e os cafés tardaram tanto, que o Mais Velho deu barraca:

– Então? A merda do café, vem ou não vem? Tanta cagança, tanta cagança para fazerem as pessoas esperar este tempo todo, é?

Calaram-se primeiro os convidados da mesa dele, tossindo *mousse* de romã e encharcada, e por fim até os músicos que arrastavam um Sinatra, com excepção do baterista que trabalhara num circo e, depois ouvir aquela boca, sintonizou as paquetas por instinto.

Sim, recriando a apoteose do salto mortal de um trapezista, daqueles de olhos vendados e sem rede.

Foi nessa altura que Yves Montand, o artista convidado para animar o repasto – imaginas o cachê –, ao ouvir o protesto do Mais Velho, foi assaltado por uma nostalgia proletária e cantou o "Camarade".

O rei empalideceu e o presidente do Conselho, sentado à esquerda da Gu, estreitou o nó da gravata e, levantando-se, pediu desculpa e retirou-se.

A anfitriã tombou redondo no chão, arrastando com ela a toalha com *baccarats* meio cheios e *limoges* bem servidos, e a Mãe, na aflição de lhe valer, piorou a situação:

– Ó pá, poça! Tanto médico que deve de haver aqui, e nenhum sabe tratar uma histérica?

E, segura do que fazia, desatou o sopapo na viscondessa, até esta, furiosa, lhe confessar entre dentes:

– Quietinha, sua burra: estou a fingir!

Ouve.

Lembras-te do dono da padaria, amásio da viscondessa?

Pois bem, era ele quem comandava as hostes na cozinha, decorando as travessas, conferindo os talheres de prata e industriando, mal ou bem, os quarenta criados que serviam o almoço – pois não é que os Gémeos os apanharam, aos dois, na marmelada?

Estou-te a dizer: a viscondessa e ele, nos buxos do jardim, lá mais para a tardinha!

O costume, filho: ela apertou os botões do vestido e sacudiu migalhas inventadas, e ele empertigou-se para os ameaçar:

– Vocês não viram nada, ouviram?

Exactamente. Fizeram confusão e percebendo a pergunta assim – "não viram nada, ou viram?" – sentiram-se na obrigação de dar uma mãozinha aos amantes.

Uma ideia parva que se lhes meteu na cabeça e os levou a assaltar o microfone, enquanto a malta dançava, para nos alvejarem com um pequeno número de improviso, bem-intencionado:

– Tomámos a liberdade...

– De dizer em primeira mão...

– Que a nossa linda anfitriã...

– Sogra da Odete...

– E mãe aqui do Visconde...

– Tem uma novidade catita para contar a vossemecês!

Coitados, não foi por mal.

Pretendia ser uma deixa para desafiar a viscondessa a anunciar publicamente o noivado com o burgesso – calcula a inocência –, mas o Armando, que conseguia ser mais bruto do que o irmão, não resistiu ao *suspense* e derrapou:

– Ou muito me engano ou vai casar com o pasteleiro cá do bairro a quem devemos muitos dos petiscos que comemos hoje...

E exortando os convidados:

– Uma salva de palmas aqui para o nosso padeiro que não é parvo nenhum!

A viscondessa desmaiou segunda vez durante a ovação, desta vez a sério, e o filho, já bebido, cerrou os dentes e avançou a passos largos em direcção ao palco para calar os Gémeos à estalada.

A cena ficaria por ali, estou convencido, se os convidados do Teodoro e da Venância, com o estômago a explodir nos fraques alugados, se tivessem ficado; mas não: como, àquela hora, já estavam todos grossos, tomaram o partido deles e investiram para defender a honra dos vizinhos.

Resultado, travou-se uma batalha campal em moldes tão primitivos – com torcegões pré-históricos e tentativas selváticas de escalpe – que até o rei, na tentativa de serenar os ímpetos, levou com um robalo nas ventas, com tanta força que ficou a pingar sangue no nariz.

Sim, sim: um enxovalho tão grande que, durante as dez semanas seguintes, não se falou doutra coisa em Portugal, do Minho a Timor.

Mas, espera, o melhor está para vir.

Furiosa por lhe estragarem a festa e, sobretudo, por ver o

marido a sovar os dois irmãos, a Anã aproximou-se dele com os olhos a faiscar, arrastando a cauda de doze metros por entre pedreiros ao soco e debutantes molestadas, e preveniu-o:

– Ou acabas já com essa cagada ou conto a toda a gente que não sou virgem!

Pois o fato foi isso: ficou tão cega que não se lembrou de desligar o altifalante.

Foi então que Cuba se sentiu mal e foi levada a casa de ambulância, e só de madrugada o médico nos "sossegou":

– Está grávida.

E, como se não bastasse.:

– Não vos posso dizer de quanto tempo, porque ela diz que não se lembra.

Pois lá casaram, é verdade; mas não por muito tempo: a meio da noite de núpcias, a Anã chamou um táxi ao Ritz e deixou o marido para sempre, precisamente no mesmo carro que tinha levado a casa o médico que observou a Cuba para nos dar, segundo a Mãe, "uma grande alegria".

Espera: só soube mais tarde e não sei se é verdade.

Diz-se que o Visconde adormeceu ferrado, mal chegou à *suíte* do hotel, calçado e bêbedo, e que a Anã, varada com a desfeita, encomendou ao *room service* um *stripteaser* musculado que se aplicou a dançar para ela durante mais de duas horas, sem o tipo sequer acordar.

No fim, deu-lhe uma gorja e despediu-o:

– Dantes, eu até tinha pena de vocês, acredita?

E depois de lançar um olhar desprezível sobre o corpo adormecido do marido:

– Mas, perante isto, oiça, até a indigência me parece sublime!

Era o Pai a recear que ela aderisse ao Partido, e a Anã a abraçar a onda *hippie*.

Sim, sim, separou-se do Visconde, e trocou os dois bilhetes da lua-de-mel, com destino a Verona, por uma passagem para São Francisco em classe turística.

O infeliz apareceu às quatro da tarde lá em casa, ainda de ressaca, e a Mãe animou-o com um rasgo filosófico:

– Filho, acontece aos melhores!

E sem transição:

– Boto mais um prato na mesa?

O Visconde declinou o convite, constrangido, mas ainda procurou consolação junto do Mais Velho:

– E agora o que é que eu digo à minha mãe?

– Diz-lhe que, apesar de tudo, o café não era mau...

E com pena dele:

– Ó filho, mulheres é o que não falta!

– Mas eu gostava da Odete!

– Olha, se gostavas é porque já não gostas.

Fez-me pena o gajo.

A última vez que o vi foi na televisão, em plena campanha eleitoral, hasteando a bandeira monárquica e gritando "Viva o Rei!"

Não, ganhou juízo; casou com uma prima a quem fez onze filhos e hoje em dia é banqueiro.

Sim, pela Igreja.

Pediu a anulação do primeiro casamento, alegando a não consumação do matrimónio, mas a Anã depois de ler o processo rapou da pena e escreveu-lhe: ou assumia ele, publicamente, as culpas do fiasco, ou escreveria ela mesmo ao Vaticano a contar que ele se recusara ao sexo oral.

Sim, era uma clitoridiana esclarecida, ficámos a saber, e nem lhe passou pela cabeça que o Vaticano não tomasse em consideração um impedimento que, aos seus olhos, lhe parecia ainda mais proibitivo do que a demência ou a epilepsia.

Mais, receando que a Igreja se fizesse desentendida, e o marido, de parvo, chegou a esboçar um documento onde acrescentou, em letra miudinha, a seguinte nota:

> *Da anotomia feminina consta um pequeno órgão sensível, eréctil, situado na secção ântero-superior da vulga, que, sem estimulação, equipara a mulher a um homem impotente. O meu marido esteve-se nas tintas.*

Ó pá! O tipo apanhou uma carga de vergonha tamanha que no mesmo dia enviou a Roma uma declaração assinada a dizer que se tinha negado à paternidade.

Sim, mentiu para agilizar o processo, mas sobretudo para se livrar da fama de calão.

Separaram-se oficialmente no dia em que a Anã voltou da Califórnia envergando um balandrau marroquino e um par de *jeans* estripados – ela de sorriso aluado, ele a esconder os punhos porque se esquecera dos botões –, mas a gaja, apesar do manto diáfano da marijuana, lá reagiu com humor ao "Já reconsideraram?"

Foi. Deu uma cotovelada no marido, que se preparava para afivelar uma expressão consentânea com a solenidade da conferência, e provocou-o baixinho:

– Aqui entre nós, não chegámos a considerar nada, pois não?

E como o Visconde, olhando-a pela primeira vez desde as malfadadas núpcias, lhe retribuiu a graçola com uma expressão desprotegida, a Anã comoveu-se e deu-lhe um chocho à frente do juiz.

Exactamente o que ouviste: um beijo longo, molhado e laborioso, que nem os murros do magistrado conseguiram suspender.

Uma loucura, pá!

Enrolaram-se nas ventas da excelência – que, apopléctica, tocou a sineta para chamar a guarda –, e só pararam quando um pastor-alemão entrou pela sala adentro para tornar mais *ie-iés* ainda as boca-de-sino dela.

Depois de se abotoarem, limparem a boca às mãos e alisarem os cabelos, sumariamente, a Anã ainda lhe propôs:

– Amigos?

E o Visconde lá respondeu, mais homenzinho:

– Se for assim como há bocado...

Mas enquanto o gajo, seis meses depois, voltava a desfilar na capela do palácio para se casar com uma fidalga nortenha, a Anã abandonava o *flower power* para se tornar anarquista.

Isto, não sei se estás a ver, na mesma época em que o Mais Velho era mobilizado para a Guiné.

– Vais matar quem e porquê, já percebeste? – indagou-lhe, desdenhosa.

– Vou defender o meu país!

– Antes do país está a alma, imbecil!

Tinha devorado o Proudhon, o Stirner, o Bakunine e o

Kropotkine, todos marados, e quando se dispunha a impingir ao Mais Velho as teorias dos gajos, o tipo disse-lhe "vai-te foder" e acabou com a conversa.

Mas enquanto a Anã foi anarquista estivemos nós descansados.

E divertidos: defendia uma Constituição em que a única regra moral era a liberdade – aí é que os Gémeos se riram – e opunha-se a toda e qualquer forma de autoridade, o que enfurecia o Mais Velho:

– Tu queres é ver-me desempregado, parvalhona!

Resultado, os serões lá em casa voltaram a animar-se, e até o Pai pôs as amantes de molho para não perder pitada dos debates.

O pior foi quando a Odete transitou do anarquismo para o niilismo, sem pré-aviso, e se tornou pessimista.

Um dia armadilhou uma igreja, sem ninguém saber porquê, e fez explodir o altar-mor; não foi de cana por um triz, soubemo-lo depois, mas o Pai, descobrindo-lhe dois engenhos debaixo da cama, associou-os à notícia do jornal e enfrentou-a:

– Uma igreja, filha?

– Deus morreu, ninguém lhe disse? – respondeu, agreste.

– Olha aqui... – fez ele. E mostrando-lhe uma ave de cores exóticas que apanhara no jardim. – A teres razão, o que é isto?

– Sei lá! A sua esperança, talvez.

Foi difícil, sim, voltar a equilibrá-la, e nem a Cuba, dessa vez, conseguiu conter-lhe os excessos.

Do niilismo resvalou para um existencialismo tão radical que passou a dispensar o duche e a gilete, e dava-se agora com amigas másculas de indumentária trágicas, a quem os Gémeos chamavam "malucas", o Segundo "fufas", o Mais Velho "frustradas", a Mãe "bruxa", e o Pai, mais sábio que todos nós, "apenas infelizes".

Fumou tanto nessa fase, em que ficava a enrolar ganzá na *Marquise*, com as amigas – até o Mais Velho entrar em casa e as expulsar: "Vá, andem lá! Despejem os cinzeiros e levantem-me essas peidas baldias!" –, que a Mãe a decretou responsável pelo cancro da Sirigaita.

– Como é que sabe? – perguntou ela, sarcástica.

E engolindo em seco ao deparar com a bicha seca a seus pés, dormindo como um feto:

– Deu em veterinária, foi?

– Sei! – gritou-lhe a Mãe, revoltada. Teve exactamente os mesmos sintomas do teu avô, ainda me lembro: a mesma tosse seca, as mesmas olheiras, o mesmo fastio!

E soluçou a noite inteira, agarrada ao lenço:

– Ai, tirem-na daqui que não posso olhar para ela, coitadinha...

Comovido, o Pai chegou-se à mulher:

– Não chores mais, Venância. Arranja-se outra...

Mas nada a consolava:

– Até podias arranjar-me vinte que não era a mesma coisa, ouviste?

E por fim, resignada:

– Vá lá, anda! Tira-lhe a anilha...

E foi assim.

Enterraram a Sirigaita no Quintal, ao lado do Covas, dentro de uma caixa de charutos de prata, e à lápide do cão, cravada na Nespereira, juntaram uma outra, diminuta, com o seguinte epitáfio:

As árvores em coro
hão-de florir teu nome!

CAPÍTULO VII

Os segredinhos dos Gémeos, com o Pai metido ao barulho, paralisaram-me.

Sim, comecei a contar-te, mas pediste-me para te contar a festa e distraíste-me.

Olha, não sei o que é pior: se a moinha da suspeita, se o soco da evidência.

Evidência, quer dizer: havia três situações a ponderar, todas do diabo.

A primeira era aceitar que ela não era só minha; a segunda era pensar que ela ia ter um filho de um pai ou de um irmão; a terceira era ser eu o pai, e não saber.

Sim, podes acreditar, sofre o que os mortos não sofrem, a decifrar pistas plausíveis em todos os gestos que via.

O Mais Velho a puxar-lhe o fecho do vestido; o Segundo a oferecer-se para lhe soprar as unhas – *para secar más rápido, quieres?*; os Gémeos a disputarem-lhe os sacos, transpirados; o velho a beijá-la na testa, ambíguo; e até o facto de tomarem banho juntas, ela e a Anã, me inspirava a mais imunda das repulsas.

Um gajo fica doido, pá, já não sabe o que pensar.

Ao mesmo tempo chegavam-me as lágrimas aos olhos sempre que via a Cuba, cansada, arrastando aquela barriga enorme pela casa fora.

Podia ser meu, percebes? E nem ela mo dizia nem me deixava ajudá-la.

Desde que eu tinha saído de casa, daquela vez, a hesitar entre a corda e o revólver, a Cuba nunca mais voltou a dirigir-me a palavra.

O Pai tinha-a proibido de lavar escadas, assim que começou a ganhar peso, e todo o tempo em que não se ocupava dos filhos rezava ou dormitava pelos cantos.

Já não parecia a mesma.

Estava mais gorda aí uns vinte quilos, com a albumina a inchar-lhe os tornozelos, e tão desfigurada que já ninguém era capaz de lhe enxergar o desenho original das pernas, tão esplêndidas quando ali chegara que ainda hoje me perturbam, só de me lembrar.

O peito, maior ainda, desproporcionava-a agora, e as roupas, que mesmo pobres dantes lhe davam graça, tornavam-na agora uma desnaturada do povo, não sei bem explicar.

Ainda que não tivesse havido traição, já não era a *minha* Cuba, compreendes?

Sim, cismávamos todos o mesmo.

Enlouquecia-me pensar que podia ser do Pai, e chegava a ferir-me com um canivete, sempre que o apanhava com ela, a falarem no alpendre:

– Então, minha querida? Como te sentes?

Que nojo.

O Mais Velho, esse, mal ouviu o veredicto do médico, no dia do casamento da Anã, deixou de me encarar; podia pensar que era meu, era provável, e sofrer com isso; ou achar que era dele e sentir-se tão inseguro e humilhado quanto eu.

Investiguei uma vez, e já foi muito:

– É teu?

– E se fosse?

O Segundo era boa pessoa, mas reclamava o exclusivo da amizade da Cuba e metia-me nervos.

Quando, raramente, ela tinha dores nas costas ou caprichos dc grávida, o gajo levantava a mão com um arzinho tutelar e prevenia:

– Deixem-se estar, eu trato.

Ó pá, tantas vezes que me apeteceu encher aquela cara de lambadas!

A Mãe, disse-me o gajo, conversou com ela:

– Filha, não te pergunto nada, mas, se o não quiseres, cuido eu mesma do menino...

E abraçando-a:

– Verás que tudo se arranja!

Queria apenas animá-la, mas como sem querer lhe tocava nalguma tecla sagrada, ouviu o que não mereceu:

– ¡Soy pobre, no desumana!

A única que talvez pudesse saber era a Anã; cruzavam olhares coniventes e segredavam no quarto até às tantas, mas, se alguém se atrevesse a sondá-la, fazia um ar tão feroz que nos borrávamos.

Torta, era incapaz de se descoser.

– Queres ajudar-me ou não? – pedia-lhe eu. – Boas, é a minha vida que está em causa!

– Grande causa! – ria-se ela. E crispada: – Ouve: vocês vão para a tropa para quê? Para tremerem das pernas, sempre que surge um problema?

Achei aquilo cruel e declinei a ofensa:

– Achas os homens cobardes, é?

– Tanto ou tão pouco como nós, não é esse o problema.

– Então?

– É que ao fim destes séculos todos ainda se preocupem em escondê-lo.

– E como nos tratariam vocês se reconhecêssemos?

– Da mesma forma que vocês nos tratam, quando nos descobrem franquezas.

– E que é...?

– Com desprezo.

– Mas se disfarçamos...

– Com um desprezo ainda maior!

E impaciente:

– Ainda não percebeste, caraças? O que nos desilude nos homens não é a fragilidade, é a batota!

Era escusado. Ultimamente dera em feminista, e já nem os sovacos rapava.

Quando, um dia, o Segundo reparou naquela réplica da Amazónia a espigar-lhe da cava, avisou-a:

– Por amor de Deus, anjinho, nenhum homem sublima isso!

E logo ela, implacável:

– O que é que queres dizer com homem?

Só anos depois me explicou o desleixo daquela frase:

– Foi uma tentativa quixotesca de ser amada sem condições, como vocês!

A atmosfera adensava-se com o passar dos dias, e até os Gémeos, sempre tão estouvados, paravam mais em casa.

Teria sido um deles a engravidá-la, e o outro sentia-se traído? Ou suspeitavam um do outro, ignorando qual deles se lixara?

Não sei, andavam uma pilha.

Um dia procuraram-me a espremer os lenços:

– É teu o filho da Cuba?

E logo o outro em capicua, era irritante:

– O filho da Cuba é teu?

Apetecia-me perguntar-lhes o mesmo, sinceramente, mas despachei-os com a limpeza do Mais Velho:

– E se fosse? A conversa já chegou ao jardim-escola?

Ficaram a olhar para mim, muito aflitos, estalando os nós dos dedos, mas como, naquele instante, um rato atravessava a *Marquise*, foram buscar o camaroeiro e deixaram-me ali especado.

O problema era que a Cuba se recusava a ir ao médico, desde o primeiro dia, e ninguém sabia ao certo quando seria mãe.

Sim, pela quinta vez.

A casa era tão pequena, povoada e ruidosa que já dominávamos todos a arte de não ouvir; não por discrição, mas por ser a única possibilidade de se poder pregar olho ou até um simples prego sem martelar uma unha.

Com a gravidez da Cuba, a situação inverteu-se: a casa inteira calava-se, sempre que se ouviam duas pessoas a conversar em surdina.

Era óbvio que todos, sem exceção, incluindo a Mãe, morriam de curiosidade por saber quem era o pai da criança.

Além disso, parecia-nos líquido que, para um mistério tão grande, houvesse um segredo desonroso para alguém.

Se não, ela dizia-nos, o que é que lhe custava?

Mas queres acreditar que a respeitávamos tanto que a ninguém ocorreu nunca perguntar-lhe?

Sim, também podia ser isso: medo de uma resposta que nos virasse a vida do avesso.

Por isso é que este teu amigo, que nunca foi homem de escutar às portas, passou a ter comportamentos sopeirais, e não foram nem uma nem duas nem três vezes que apanhei os outros a fazer o mesmo.

Um dia, era eu de ouvido encostado à porta da casa de banho, a decifrar os segredinhos da Anã, e a apanhar um susto tão grande que ia ficando gago:

– Andor! Já estás aí há vinte minutos, agora é a minha vez...

Era o Mais Velho.

Mas a persistência valeu-me duas conversas, que mais ninguém ouviu, uma das quais me devolveu a Cuba que eu amava.

Era o Cristobal e ela, no jardim, conversando ternamente – o miúdo era uma criança espantosa, ouve-me só:

– ¿Estás triste, madrecita?

– No, cariño, estoy cansada.

– ¿Por qué me mientes? ¿No eres mi amiga?

– ¿Y si fuera lo contrario, Cristobal? ¿Si yo te mintiera exactamente por ser tu amiga?

– ¿Era amor, no?

Ela assentiu com a cabeça, em silêncio, e depois de lhe fazer uma festa nos cabelos puxou-o de encontro a si e apertou-o; ficaram enroscados um no outro, os dois sem se falarem.

Por pouco tempo, aliás:

– ¿Madrecita?

– ¿Sí cariño?

– ¿Cuando nace nuestro hermanito?

Cuando Diós lo quiera...

Parecia que o miúdo pausava de vez em quando, para não a agastar; mas rapidamente voltava à carga, apreensivo:

– ¿Madrecita?

– ¿Qué más, tesoro?

– ¿Yo conozco al padre de mi hermanito?

Não, não respondeu; virou a cabeça de lado para esconder a cara.

O miúdo era tão sensível que se apercebeu, e pousou a mãozinha na barriga dela para sentir o irmão.

Mas ao fim de um bocado:

– ¿Madrecita?

– ¡Si, hijo!

– ¿Te gusta el padre de mi hermano?

Agora, sim, escapou-lhe um soluço, e o miúdo deve ter ouvido, porque propôs imediatamente:

– ¿Madrecita?

– ¿Qué pasa ahora, Cristobal?

– ¿Nadie sabe quien es el padre de mi hermano, verdad?

– Sí, nadie lo sabe.

– ¿Pero tu sí, lo sabes, verdad?

Voltou a não responder, e o miúdo lembrou-se:

– ¿Si nadie lo sabe por qué no escoges tu misma el padre?

Mortificada, a Cuba respirou fundo:

– Si yo lo pudiera, Cristobal, si yo lo pudiera...

Estremeci a ouvir isto: e se ela soubesse que a criança era minha e não me quisesse para pai?

É então que o puto, tão patusco, se sai com esta:

– ¿Era también amor, no?

Aí é que está.

Nunca, em todo aquele tempo, alguém ousara alguma vez falar de incesto; mas na segunda conversa que escutei, entre a Mãe e o Pai, esse espectro esteve presente, digo-te eu:

– Filho, quem terá feito aquilo à nossa Cuba?

– Ora! Como é que eu vou saber?

– Já pensaste que os nossos filhos são irmãos?

– Já, Venância. Já pensei.

– E então?

– E então matava-os!

– Credo, coitadinhos, não têm culpa!

– Coitadinhos, uma ova!

Fiquei sem pulsação ao ouvir o meu nome:

– E o Escritor?

– O Escritor o quê?

– Já vistes bem os olhares que ele lhe deita?

– Matava-o também!

– Teodoro? Ó, Teodoro!

– Sim, mulher, o que é agora?

– Não és tu que costumas dizer que um homem não é de ferro?

O gajo estava atrapalhado, via-se da frincha:

– Há quanto tempo não me ouves dizer isso?

Foi aqui que a Mãe se virou de costas para, sibilina, lhe lembrar isto:

– Homem, não te aborreças com o que te vou dizer...

– O quê? – grunhiu ele. E impaciente: – Desembucha!

E ela obedeceu, mas tão baixinho que eu quase perdia isto:

– Não to oiço dizer desde que a trouxeste cá para casa!

A esta distância, admito, talvez te pareça óbvio; mas andava tão transtornado na altura que nem me passou pela cabeça que os segredinhos dos Gémeos se referissem à gata.

Sim, já a tinha visto e muitas vezes a pisei sem querer.

Era uma cria pelada e cheia de pulguedo, recolhida pelo Pai, na intenção de a ensinar a conviver "civilizadamente" com os ratos lá de casa.

– É uma espécie fabulosa! – anunciou-nos, como se se tratasse de um centauro. E para convencer a Família a embarcar em mais uma das dele: – São domesticados desde o antigo Egipto, mas só chegaram à Europa no século XIII!

Acrescentando:

– Tem piada imaginar que só viveram na Península depois de nós, não acham? Pensar que houve lusitanos que jamais sentiram nas mãos a sensualidade de um felídeo!

Lembro-me até do que respondi, saturado do bichedo que o tipo todos os dias trazia da rua:

– Olhe, tem tanta piada que até me doem os queixos!

Baptizou-a de Parda, por ter cor indefinida e "porte de leoparda", e quis tanto "humanizá-la" que não deixava nem os Netos nem os Gémeos – da mesma idade, para ele – aproximarem-se dela, receando que lhe dessem colo ou chocolates.

– Se vos apanho de roda dela a amolecê-la, nem sei o que vos faço!

E depois de, todas as noites, lhe aplaudir os progressos num abrigo que lhe esculpiu na Nespereira, desabafava com ela em voz alta, julgando que ninguém ouvia:

– A Palmira, sabes? Aquela mulher que tenho em Almada e a quem ajudo a pagar o colégio da filha? Pois fica a saber: anda danada comigo, porque me esqueci dos anos dela!

E deliciado pelo ronrom com que a gata retribuía a confidência:

– Também, se não fossem as birras delas, como é que o teu dono podia chegar a todas?

Os Gémeos tinham herdado dele o mesmo respeito aos bichos, mais do que às mulheres, e iam muitas vezes, de noite, às escondidas do Pai, dar-lhe leite a biberão.

E cada um chamava a gata à sua maneira, como ao Covas, só que desta vez bichanando:

– Sacana!

– Maria da Conceição!

Foi, assim, que o Pai os surpreendeu na véspera do meu equívoco, percebes, a esconderem atrás das costas uma meada da Mãe.

Tinham-se inspirado num interlúdio da televisão – em que um congênere malhado se entretinha a emaranhar um novelo –, e queriam à viva força oferecer à Parda um entretém que a compensasse das chumbadas a que o velho a sujeitava.

Pois claro, agora já faz sentido:

– Mas viste como ela se chega a nós, quando quer miminhos?

– Parece que está com o cio, foste lá ontem?

Não, confesso.

Só desfiz a confusão no dia em que a Parda almoçou o

Maçarico e o Senhor Salema, sem deglutir, e morreu de congestão com eles ainda aos saltos na barriga. Os pais ficaram de cama com o desgosto e os Gémeos berraram toda a manhã:

– A Sacana morreu!

– Ai meu Deus que morreu a Conceição!

A carpidura foi tal que, distraído nas minhas cismas, cheguei a pensar que uma vizinha se finara.

Mas quando percebi que a paixão era felina e não cubana, até ganhei anos de vida.

O Pai demorou a perdoar-me ter assistido a mais umas exéquias daquelas rindo a bandeiras despregadas, mas foi tão grande o contentamento que senti ao sabê-lo inocentes que, no dia seguinte, cheguei a casa com uma gata nova e gorda, que baptizei de Maria do Alívio.

– Alívio de quê? – estranhou o Pai, ressentido. – Não gostavas da outra, que era uma riqueza?

Estava tão emocionado que exagerei:

– Gostar é pouco, Senhor Teodoro. Eu amei a Parda como se ama uma mulher!

Pudera.

É claro que ainda o ouvi dizer à Mãe "Não é mau rapaz, só que não regula...", mas não interessa; percebi que só então me perdoou a galhofa no enterro da gata, que, segundo a Venância, "não queria ser cremada de certeza porque nem por uma vez a vi abeirar-se dos bicos do fogão...", comigo a rir de nervoso, sobretudo quando o Segundo, solene, tossiu para ler um texto do Fialho que lhe pareceu adequado.

De repente percebi que todos adoravam a Parda menos eu, e logo eu que lhe devia gratidão.

Porra, pá, é que até os animais nos dão lições!

Talvez por isso, quando o primeiro torrão de terra foi lançado sobre uma nova urna, desta vez de garrafas de *rosé*, contendo os restos mortais da Parda, com o Maçarico e o Senhor Salema atravessados no seu intestino grosso, já quietinhos, aproveitei um momento em que ninguém reparava para lançar à terra a gravata que o Salema me estragara e reconhecer finalmente:

– Está bem, pronto, não foi por causa de ma roeres que chumbei no Código!

Mas tive pena, sabes? De não poder responder ao "não é mau rapaz" do Pai com a verdade que tanto me doía:

– Engana-se, doutor Teodoro: sou uma alma asquerosa que desconfiou da sua!

Não, a Anã não assistiu ao enterro, porque nessa altura andava fixada a estudar Demócrito, mas respeitou o pesar da Família dizendo à Mãe:

– Oiça, senhora: na minha concepção do mundo não existe intervenção sobrenatural. – E dando-lhe a esmola de uma explicação: – Tudo se baseia no materialismo mecanicista!

E a Mãe, que desde a morte da Sirigaita se crispava com aqueles ares catedráticos, mandou-a lavar a cabeça que estava porca.

E preveniu-a:

– Vê lá é se temos cá champô à base disso...

E, ainda, quando me ouviu rir:

– Não tem graça, pode ser alérgica!

Andava já tão empinada que a Mãe apostou à mesa:

– Mais dois dias e rebentam-lhe as águas!

Há muito que a Cuba deixara de comer connosco, e era o Segundo que lhe levava o jantar à cama, todas as noites.

Mas o tabuleiro voltava cheio para dentro, e o Pai preocupava-se.

– Não chamas o doutor? – perguntava-lhe a Venância.

– Não é isso que me chateia.

O que o afligia era o seu alheamento, e nem a algazarra dos filhos, nervosos de a ver assim, a arrancavam da abulia.

Cada um, à sua maneira, fazia o possível para alegrá-la.

Depois de lavar a louça, a Mãe ia para o quarto torturá-la com histórias da mocidade:

– Sabes, Cuba – isto enquanto tricotava toucas e sapatinhos –, às vezes dá ares da avó Ângela, que não conheceste. Casou aos treze anos e enviuvou aos dezassete. Tinha a tua carinha.

Outras vezes cantava para a distrair, com aquela voz de falsete que ameaçava os cristais, mas a Cuba virava-se de lado e fingia adormecer.

O Pai, esse, lia-lhe poemas; mas todos tão líricos, coitado, que pareciam zombar do drama que ela vivia. Nessas alturas, delicada, a Cuba dava-lhe a mão e pedia-lhe:

– Ese no que me pone triste. ¿De acuerdo?

Sim, sobretudo os do Cesário, que ele achava "vivificantes" e ela sádicos, *por supuesto*:

Se ouvindo as aves tímidas,
que adejam pelo prado,
trinar em doces módulos,
seu canto apaixonado...

Se os cantos melancólicos
da minha frouxa lira
voassem ao crepúsculo
no vento que suspira...

Olha, na melhor das hipóteses, desajustados para uma mãe solteira angustiada.

Coitado do velho.

Nunca assisti a uma solidão tão grande nos gostos, na partilha; passava noites inteiras desbravando as estantes, e rejubilava quando pensava ter descoberto um verso que a animasse: "É isto mesmo!", gritava, assustando a Mãe; mas, assim, que lho lia, desanimava ao perceber que até o Camões lhe provocava azia.

Parece que estou a ouvi-lo:

Depois da procelosa tempestade
nocturna sombra e sibilante vento
traz a manhã serena claridade
esperança de porto e salvamento!

Mas qual esperança? O que a Cuba esperava era um filho, e sabe Deus com que forças!

Outras vezes eram os Gémeos que entravam em cena, assobiando-lhe, à desgarrada, temas piratas:

– Ouve só mais esta, maninha...

Mas ela tapava a cabeça com o travesseiro e, para não os magoar, dizia:

– Tenho dinheiro na gaveta da cabeceira. Tirem dez escudos e vão comprar castanhas.

Só a Anã e o Segundo tinham licença para ficar no quarto dela o tempo que quisessem – ela sempre aos segredinhos, ele a massajar-lhe as fontes para lhe atenuar a enxaqueca.

O Mais Velho, coitado, entrava-lhe no quarto de noite, com ela adormecida, e deixava-lhe bilhetes na almofada; um dia, não resistindo, fui lá a seguir e abri um.

Ouve: é incrível como o amor pode transformar um cavalo num ser humano, é alquimia:

Se me deixares serei pai dele.
Não te prometo conforto nem paparicos,
e, como sou teu irmão, tomo conta de todos sem te tocar!
Mas deixa-me amar-te, Cuba!
Sabes? Nunca sonhei.
Só com os teus olhos a rirem outra vez!

Sim, eu também a amava, mas, perante tanta indiferença, transferia o meu sentimento para os filhos dela, com quem passei a gastar em piões, carrinhos de brincar e guloseimas todos os vales que chegavam de França.

Uma vez, ofereci aos putos um gira-disco, e ela não reagiu bem.

"Quem meus filhos beija, minha boca adoça", não é o que a malta diz?

Pois é, mas a dela não adoçava:

– Deixa-te disso, não os habitues!

Um dia, acordou comigo a fazer-lhe festas nos cabelos e saltou da cama:

– ¡Dejame tranquila! ¿Qué te ha dado ahora para hacer eso?

Ahora? Que injustiça, meu Deus!

Lembrava-me dela a todas as horas, em todos os minutos, segundos do meu dia; mas como, a pouco e pouco, me convenci de que já não me queria bem, evitava demonstrar-lho para não sofrer mais – percebes?

Mas não percebia ela.

– Amo-te, Cuba. Se ainda me quiseres...

– Si yo pudiera querer algo...

– Podes querer-me a mim!

– ¿Lo tienes claro?

E pronto. Lá voltava ela com aqueles enigmas, que me punham doido!

Para ajudar à festa, a Anã anunciou à Mãe que estava grávida.

– De quem? – perguntou-lhe a Venância, panando filetes.

– Do meu marido.

Não, não era o Visconde.

Dormira com ele uma vez, sim senhor, já depois da anulação, mas o tipo ficou tão tenso com a perspectiva de não conseguir vencer a lei da gravidade, novamente, que se embebedou para lhe passarem os nervos e voltou a adormecer.

Acho que a Odete lhe deu uma coça que o deixou estendido no chão, mais por orgulho do que por desejo insatisfeito, mas, no fim, acabou a perdoar-lhe e deu-lhe um beijo na testa; aconselhou-o então a procurar uma mulher frígida porque, segundo ela, as frígidas sossegam com homens sonolentos e, aos curarem-se, curam-lhes também a impotência.

Ouve, o gajo ficou-lhe tão grato pela receita que a convidou para madrinha do filho.

Sim, já te disse: teve mais dez a seguir e hoje já evita despir-se à frente da mulher.

O que sucedeu foi que a Anã resolveu casar-se em segredo com um professor de Filosofia amigo do Pai, que fora seu mestre e argüente.

Mas cego, católico e trinta e seis anos mais velho que ela.

E quando o Pai, depois de recuperar a pulsação, a indagou sobre os motivos de uma decisão tão repentina, a nossa amiga, cristianizada pelas teorias do marido, não procurou, desta vez, enganar ninguém:

– Veste como um ateniense e é parecido com Sócrates.

E confessando, corada:

– Foi uma nítida atracção física.

Mas a Mãe lembrava-se de o Pai lhe ter falado no grego e levou as mãos à cabeça:

– Mas, espera, não foi esse teu amigo que morreu com veneno de ratos, coitadinho?

– Cicuta, queres tu dizer – emendou o Pai, paciente.

– E como é que tu sabes o que eu é que eu quero dizer?

Bom. A verdade é que, uma vez mais, a Família desafiava todas as regras com uma humanidade e uma independência tão genuína que nem suspeitava:

– Ai, que engraçado! E então quando é que nos apresentas o teu marido para nós o conhecermos?

– Convidei-o para jantar.

– Lembras bem – disse a Mãe, batendo na testa. – Então não é que me esquecia de entalar as favas?

Emocionado, entrei na cozinha para abraçar a Anã e a olhar nos olhos:

– Será desta?

– É desta – garantiu-me ela, lavada no rio Jordão.

– E como se vai chamar o bebé? – perguntaram os Gémeos.

– Platão ou Xenofonte, ainda não decidi.

– E se for menina? – interessou-se o Segundo.

– Ítaca ou Atlântida, dependendo da cor do cabelo...

– Mas, espera lá – estranhou o Pai, agoirado. – A Atlântida foi tragada pelo mar!

– O Senhor pode dizê-lo, o que não pode é prová-lo!

Para comemorar a chegada de mais um neto, abriu-se uma garrafa de espumante que a Mãe distribuiu em canecas de cerveja e desencadeou nos Gémeos um ataque de soluços tão inextinguível que foi preciso o Mais Velho dizer "arranjei-vos emprego" para enfim se calarem.

Nem de propósito.

A Cuba deu à luz no dia em que o marido da Anã jantou lá em casa, para conhecer a Família, de túnica branca e alpercatas.

A mulher esperava-o mais arranjada do que nunca, com um decote atrevido, sapatos de salto alto e meias de corista.

Estranhando, o Mais Velho chamou-a à parte, subtil:

– Ouve lá, ó paspalhona, para que foste tu embonecar-te e borrar a cara toda se o teu marido não consegue distinguir um piano duma bola-de-berlim?

Feliz que estava, a Anã nem se lembrou de se ofender.

Pelo contrário, o olhar brilhou-lhe, resplandecente:

– Acho mais erótico.

O marido da Anã era um esboço do Da Vinci em carne e osso, com uma cabeça magnífica, uma fronte plissada de rugas e uma expressão infinitamente bondosa e sapiente.

Entrou apoiado a uma bengala, listada de vermelho, e, ao passar a mão pela cara do Pai, disse-lhe "continuas um menino".

Dito isso, saudou-o à boa maneira kantiana, desafiando não o sogro, mas o discípulo:

– Que posso conhecer? Que devo fazer? Que me é permitido?

Mas a Mãe, desinibida pela Raposeira, antecipou-se:

– Uma família de malucos. Sentar-se. Repetir as favas.

Ríamos todos com esta resposta quando o primeiro grito da Cuba, lancinante, fendeu a noite.

Os primeiros a saltarem da mesa foram a Anã e o Segundo, arrastando com eles o tacho das favas que, para embaraço da Mãe, mancharam de alto a baixo as vestes do filósofo.

– Ai, a panela, credo!... Veja lá o mestre: tão pesada, tão pesada...

– *E pur si muove*![1] – completou o filósofo.

Mas ninguém riu.

O Pai gritou "Chegou a hora, santo Deus!", a Mãe benzeu-se e foi chamar a Parteira dizendo: "Assim, a meio do *Bonanza*, custa-me a crer que venha", os Gémeos reataram os soluços, os Netos saltaram para cima da cama e engrenaram numa claque ensurdecedora – "El nene va a nacer! El nene va a nacer! El nene va a nacer!" – e de repente ficámos os dois, frente a frente, sozinhos na *Marquise*, o Mais Velho e eu, torcendo as mãos, de nervosos, e embargados pela presença do Sábio.

Depois de a Mãe voltar da rua com a Parteira – "Tenha cuidado a cortar o umbigo desta vez, que o dos Gémeos ficou uma cagada!" –, o mestre, pressentindo a nossa angústia, procurou aliviá-la:

– Coisa maravilhosa, um nascimento! – E olhando na nossa direcção, sem acertar: – Um sobrinho, um filho, um irmão?

Nenhum de nós respondeu, ele ajudou:

– Uma criança, contudo!

– Sim, uma criança – disse eu.

– Já tem nome?

---

1. *E no entanto ela se move* – palavras atribuídas a Galileu quando foi obrigado a negar o que antes tinha afirmado sobre o movimento da Terra.

– Não!! – respondemos ao mesmo tempo.

– O senhor sabe ver o futuro? – perguntou-lhe o Mais Velho, a despropósito.

O Sábio sorriu, sereno:

– Não tenho esse dom, mas se puder ajudar...

E logo o outro, num ataque de honestidade bestial:

– Tanto livro, tanto livro...

– Pode sim senhor – cortei, vexado com os modos dele. – Pode fazer-nos o favor de ir lá dentro para saber o que se passa. É que, sabe? Em alturas destas, os homens são sempre um empecilho.

Pronto, pior a emenda que o soneto.

O Sábio percebeu que queríamos ficar sozinhos, mas que, se fosse lá dentro, também ele estorvaria; assim, achou por bem levantar-se e ir até ao Quintal, apoiado na bengala. Saltei imediatamente da cadeira para lhe indicar o caminho, mas ele sorriu com ambigüidade e passou-me a mão pelos cabelos:

– O futuro? As trevas? Que diferença faz, meu filho?

Assim que o viu de costas, o Mais Velho carregou:

– É teu ou não é teu? Se é teu, diz já, escuso de estar aqui a fazer figura de urso!

Escondi a cara nas mãos, tinha chegado a hora.

– Não sei se é, mas gostava de saber se também pode ser teu...

E não é que só então o safado me sossegou?

– Mas meu como, merda? Desde quando é que um beijo dá direito a abono?

Ouve, nunca uma piada foleira me fez rir com tanto gosto.

– Melhor para ti!... – disse eu, já a chorar. – A ser tua irmã, ainda podia nascer estropiado.

Foi aí que o gajo tirou o palito dos dentes para largar esta:

– Deixa lá, que se for teu...

– O quê?

– Também não sai muito melhor...!

– Chama-se incesto – preveni-o.

– In quê?

– Incesto.

Mas o gajo era tão burro que não atinou:

– Incesto? Mas isso é nome que se ponha a um puto, poça?

Ó pá! Eu estava tão feliz que só queria era abraçar a Cuba para lhe pedir desculpa.

– Não, não é o nome da criança – expliquei, distraído. – É o nome do crime de se dormir com uma irmã! Às vezes também és burro, caramba!

– Olha, antes fosse!

– O quê?

– Se fosse um burro, já não era incesto, ou era? – perguntou-me.

E depois de arrotar:

– Ou também é crime dormir com um burro?

Estávamos tão nervosos que começámos a rir, primeiro devagarinho, e depois tão convulsivamente que acabámos a chorar abraçados um ao outro.

No fundo, queríamos era não ouvir os gritos da Cuba, transferida para a Garagem para ter mais privacidade.

E vai daí diz-me o gajo:

– Se gostas dela e o filho é teu, olha, tens a minha bênção!

– E se nascer burro? – perguntei.

– Chamamos-lhe Incesto – respondeu. E com o cotovelo: – Só para despistar!

Olha, rimos tanto e durante tanto tempo que só paramos

quando a Parteira saiu a correr, muito afogueada, dizendo "se me despachar, ainda sei quem roubou os cavalos".

Logo a seguir assomou o Segundo, de máscara na cara e luvas calçadas. Tinha ajudado no parto:

- Ouviram?

- O quê??

- O bebé a chorar?

- Porquê??

- Já nasceu a criança, será possível que não tenham percebido?

Continuávamos a chorar, a rir, a tossir; era o rescaldo de uma tensão que ia acabando connosco.

- Parece-se com quem?

- Com um burro ou com um homem?

O Segundo abriu a boca, não queria acreditar:

- Com nenhum dos dois, é uma menina...

Ficámos a olhar um para o outro, de cara à banda - nunca até ali nos passara pela cabeça a ideia de um cueiro cor-de-rosa.

Meia dúzia de pancadas secas indicaram-nos que o Sábio regressava do Quintal:

- Há um novo astro no Céu, querem ver?

- Está aqui - disse a Venância, por coincidência, entrando na *Marquise* com um embrulho de linho nos braços.

Passou-se tudo tão depressa que não tive reacção.

A Anã entrou logo a seguir e correu para o marido. Depois de o abraçar, disse, apontando a Mãe:

- Vê só aquela coisinha...

- Não é coisinha nenhuma, é uma estrela - disse o Sábio.

- Então... - lembrei-me eu. - Podia muito bem chamar-se Estrela!

O Segundo encolheu os ombros:

– Se a Cuba quiser...

Olharam uns para os outros, sorrindo à sugestão:

– Quer dizer destino... – disse o Sábio.

– Ou inspiração... – suspirou o Pai.

– Ou actriz de cinema – sonhou o Segundo.

– Ou nome de vaca – lembrou-se a Mãe.

– Pronto, estragaste tudo – gritou o Teodoro, irritado. E para nós, ameaçador: – Ninguém ouviu o que a Mãe disse, combinado?

E logo os Gémeos, prestáveis:

– Nós ouvimos, nós ouvimos!

– Não ouviram nada! – berrou-lhes o Pai. – E se ouviram, passaram a não ouvir, chiça!

E pronto. Aqui tens porque se chama Estrela, a filha da Cuba.

A Mãe sentou-se, segurando o bebé e, não sei porquê, olhou para mim.

Ouve, poderia ter olhado para o Mais Velho ou para os Gémeos, tão ansiosos como eu; mas foi para mim que falou:

– Estás à espera de quê para conhecer a menina?

– Mas porquê? – gaguejei eu, com uma ventania na alma. E com as pernas a ceder: – É... é minha?

Respondeu tão naturalmente como se passasse o Galheteiro:

– Não, filho, não é tua, pareces parvo!

E destapando a criança, finalmente:

– Mas diz-me só se já viste uma bonequinha assim...

O Mais Velho levantou-se de um salto para a espreitar e os Gémeos imitaram-no; mas, porra, pá, fui eu o primeiro a ver a Estrela! Não, não era mulata: era opada e cabeluda, com nariz de *boxeur*, e praticamente branca como todo o recém-nascido negro.

De quem és, perguntas tu? Eh, pá, como se fosse uma pergunta fácil de responder!...

Depois daquilo tudo, calcula, só tinham passado sete meses.

Claro, a Cuba já vinha grávida, mas não teve coragem de dizer.

Se te parece, só o cagaço de ser recambiada e voltar a passar fome?

Eu? Eu cá soube-o logo, na própria noite, quando agarrei a Venância por um braço e a encostei contra a parede:

– Então, se não é minha, de quem é?

– Vamos que é do marido, o que é que tens com isso?

– É... é casada? – perguntei sem pulsação.

– Não, é viúva. Estás mais descansado?

Exactamente, era do único marido que tivera, baleado em Havana, e a nenhum de nós passou a cabeça que fosse esse o pai.

Se eu tenho certeza? Olha, com tudo o que já vivi, posso dizer: as certezas são tão importantes como a malta julga.

Mas um mês depois não resisti:

– Cuba, porque é que não desabafaste ao menos comigo, caramba?

Ela olhou-me "com o mesmo sorriso da mãe, distraído e

insolente" e agarrando num algodão embebido em álcool, levantou a saia.

Depois, sempre sem falar, esfregou a tatuagem pindérica que colara à coxa ao desembarcar, em forma de Cassiopeia, já tão sumida que parecia um gatafunho.

"¡Quizá de esta manera ellos vengan al engaño!", dissera-lhe a mãe dela, industriando-a sobre a melhor forma de levar à certa o Teodoro.

Foi o que eu pensei: pelos vistos, a dançarina nunca mais se esqueceu da pernoca do velho.

– Mas eu amava-te tanto... – ralhei. – Será que não percebeste?

E quando ela se preparava para me responder, mais uma vez, *yo no sé lo que es eso del amor*, agarrei-a pela cintura e segredei-lhe:

– Mas sei eu!

E apertei-a tanto, tanto, tanto que lhe provoquei uma subida de leite à blusa.

E agora, perguntas tu?

Agora a Estrela acha que eu sou pai dela – percebes? – e até à data ainda ninguém se lembrou de o desmentir.

E quando crescer o suficiente para me perguntar "Ó pai, é mesmo verdade que eu sou tua filha?"

Aí tens: "Nem com toda a fome à arca nem com tanta sede ao cântaro".

Mas às vezes tenho pena de ser branco, acreditas?

A sério, quando ando com elas na rua, a Cuba e a miúda pelo braço, sou eu quem destoa, percebes?

Não, não é por ser branco, estúpido; é por ter sido parvo.

Tenho pena que não conheças a Estrela, está uma mulher; e é tão amiga da Atlântida que até faz ternura.

Não podes, foi passar as férias a França, a casa dos avós, e só volta em Setembro.

Sim, é a luz dos olhos deles, foi uma lição.

Ah, mas falta-me dizer-te esta: a Anã era filha só do Pai e de uma pastora beirã, mas depois da morte da Venância descobriu-se muita coisa: os Gémeos são filhos de uma vizinha do bairro, que morreu ao dar à luz, e o Mais Velho – estás preparado? – era meio-irmão do Visconde e filho do Antunes, em cuja casa a Venância tinha trabalhado, antes de casar.

Porra, pá, e eu a querer mais provas do amor do Teodoro!

Coitada da Venância, já lá está.

Deu-lhe trombose que a acamou durante mais de cinco anos, depois da morte da Maria do Alívio, e o Pai – por amor de Deus não te rias, que é a história mais sublime que já ouvi em toda a vida – aprendeu a fazer *tricot* para lhe fazer companhia.

Quem, o Mais Velho? Na altura disse-lhe "afinal és tu que és nobre, fifi", e o gajo riu-se durante uma hora seguida, de nervoso.

Não, enganas-te: o Mais Velho casou com a filha da Parteira, que é um mulherão, e conforta todas as mães solteiras que vão parar às mãos da sogra.

Voilà: o Segundo é o único que é filho da Venância e do Teodoro.

Sim, sim: continua homossexual, mas fez-se um homem.

Os Gémeos, nada: continuam sem saber que a Terra é redonda, e ainda ninguém se lembrou de lhes dar a novidade.

E eu, perguntas tu?

Olha, para te ser franco, eu sou o homem mais feliz do mundo, ao lado da Cuba, e nunca mais quis saber da máquina fotográfica.

E tenho ratos em casa, só te digo.

Mas como um se chama Armando e o outro Amílcar, não consigo distingui-los.

Ah! Ah! Ah!

Nem com um malmequer ao peito, dizes bem.

Este livro foi composto em Minion
para a Editora Planeta do Brasil
em setembro de 2008